서문문고
149

말괄량이 길들이기

세익스피어 지음

김 재 남 옮김

The Taming of the Shrew

by

William Shakespeare

해 설

김 재 남

≪말괄량이 길들이기(The Taming of the Shrew)≫는 이탈리아식의 익살스러운 소극(笑劇)으로, 제작 연대는 1593~4년으로 추정하고 있다.

최초의 상연 연대는 확실치 않다. 1594년에 ≪어떤 말괄량이 길들이기(The Taming of a Shrew)≫라는 극이 사절판으로 출판된 바 있다. 이 사절판을 셰익스피어의 악(惡)사절판으로 보는 견해와, 이것을 기초로 셰익스피어가 개작했을 것이라는 견해가 있다. 근래는 전자의 견해가 더욱 유력하다.

만취한 땜장이 슬라이로 하여금 자신을 영주로 믿게 하여 그 앞에서 극중 극(劇中劇)으로 말괄량이를 길들이는 극이 벌어진다. 패듀어의 한 부호에게 두 딸이 있었다. 동생 비안카는 얌전해서 구혼자가 많으나, 언니 캐터리너는 어찌나 말괄량이인지 아내로 삼겠다는 사람이 없다. 아버지는 큰딸을 치우기 전에는 비안카를 시집 보내지 않겠다는 태도였으므로 비안카의 구혼자는 몹시 조바심한다. 이때 베로나의 젊은 신사 페트루치오가 나타나서 말괄량이에게 용감하게 구혼한다. 페트루치오의 언행은 그렇게도 방약 무인일 수가 없다. 저 이름난 말괄량이도 마지못해 결혼을 승낙한다. 이윽고 페트루치오는 갖가지 우스꽝스럽고도 인위적인 수단으로 말괄량이를 본격적으로 길들이기 시작하여 마침내는 온순한 아내로 만들어낸다. 한편 비안카의 구혼자의 한 사람인 루센쇼도 갖가지 수법으로 비안카와 비밀리에 결혼하여 다른 구혼자들을 물리치고 만다. 또 다른 비안카의 구혼자의 한 사람이었던 호텐쇼는 미망인과 결혼하게 된다. 그런데 이들 결혼 피로연에서 세 신부들 중 캐터리너가 가장 온순한 아내임이 증명된다.

이 극은 또한 익살극의 환경 때문에 희극적 생기를 발산하고 있고, 발생적으로는 순수한 희극의 형태로 발전하여 신파적인 가면 너머에 연극적인 본질을 지니고 있는 듯하다. 이른바 말괄량이를 길들이는 역인 페트루치오는 한낱 보기 흉한 야만인이 아니라 비록 괴팍하긴 하지만 당당한 신사요, 젊은 셰익스피어가 흥미를 느낀 그의 최초의 성격 묘사인 것이다. 길들여지는 쪽인 캐터리너는 지독한 악녀 왈가닥이 아니라 다만 악녀를 가장한 것일뿐이요, 또한 야비한 남편에게 짓밟히는 아내가 아니라 눈에는 사랑의 빛이 번뜩이고, 음성에는 음악이 감도는 참으로 온순하고도 명랑한 근대적 아내로 변용한다.

1974년 9월

차 례

말괄량이 길들이기

▩ 장소와 나오는 사람들

장 소

패듀어와 페트루치오의 시골 별장

나오는 사람들

〈서 막〉

영주(領主)

크리스토퍼 슬라이 술취한 땜장이

주막 안주인

그 밖에 시동, 사냥꾼, 신하, 배우 등

〈본 극〉

바프티스타 패듀어의 갑부

빈센쇼 피사의 노신사

루센쇼 빈센쇼의 아들, 비안카를 사랑하는 청년

페트루치오 베로나의 신사, 캐터리너의 구혼자

그레미오
호텐쇼
} 비안카의 구혼자

트래니오
비온델로
} 루센쇼의 하인

그루미오 페트루치오의 하인

커티스 페트루치오의 별장을 관리하는 하인

너댄엘
필립
조셉
니콜러스
피터
} 페트루치오의 하인

교사

캐터리너(말괄량이)
비안카
} 바프티스타의 딸

미망인

그 밖에 재봉사, 잡화상, 바프티스타와 페트루치오의 하인들

서 막

제 1 장

히드가 자란 벌판의 어떤 술집 앞
문이 열리고 안에서 주막 안주인에게 내쫓긴 슬라이가 거지꼴을 하고 허청허청 걸어나온다.

슬라이 두고보자, 제기랄.

안주인 죽여두 시원찮은 요 악질아.

슬라이 요 깍쟁이 좀 보게. 슬라이 집안에 악질은 없어……. 족보를 뒤져 봐. 우리 조상은 옛적에 리처드 정복왕(征服王)과 함께 건너온 명문이야……. 그러니까, 요컨대 세상은 될 대로 되라지, 제기랄.

안주인 유리잔을 깨고서도 물어내지 않을 테야?

슬라이 천만에, 한 푼도……! 그만 줄행랑이나 치자. 내 방으로 가서 푸근히 잠이나 자야지. (비틀비틀 걸어나가다가 덤불 옆에 쓰러진다)

안주인 내가 가만둘까 보냐. 가서 지서장을 불러올 테야. (퇴장)

슬라이 지서장이구 분서장이고 뭐든 좋아. 난 법으로 할 테니까 말이야. 누가 놀랄 줄 알아, 제기. 올 테면 와 보라지 제발. (잠이 들어 코를 골기 시작한다)

뿔나팔 소리. 영주와 그의 부하들이 벌판을 가로질러 오고 있다. 사냥에서 돌아오는 길이다.

영 주 여봐라 사냥꾼들, 사냥개들을 좀 잘 봐주어라. 라메리먼이란 놈은 입에서 거품을 내고 있구나. 클라우더란 놈은 짖는 소리가 좋은 암놈하고 같이 놔두어라. 그런데 실버란 놈은 글쎄 아까 울타리 모퉁이에서 금세 냄새를 맡아내잖더냐? 그 개는 이십 파운드하고도 바꿀 수 없지.

사냥꾼1 벨먼도 그 개에 못지않습니다. 완전히 놓친 사냥감을 그놈이 찾아냈습니다. 오늘도 거의 다 놓칠 뻔한 것을 두 번이나 그놈이 맡아냈습니다. 정말, 그놈이 더 낫습니다.

영 주 바보 소리 마라. 에코란 놈만 해도 좀더 잘만 뛴다면, 벨먼의 여남은 배쯤 가치가 있는 개야. 아무튼 밥을 잘 주고, 잘 좀 봐줘. 내일 또 사냥할 계획이니까. 알겠나?

사냥꾼1 예, 잘 알았습니다.

여기서 모두 슬라이를 발견한다.

영 주 이건 뭐냐? 죽었나, 취해 있나? 어디, 숨은 쉬고 있나?

사냥꾼2　숨은 있습니다. 술기운이 아니고선, 차디찬 맨바닥에 이렇게 곤하게 잠들 순 없는 일입니다.

영 주　아이고, 이 짐승 같은 것! 돼지같이 나자빠져 있는 꼴 좀 보게나. 무서운 죽음의 형상인 잠도, 저 낯짝엔 그저 보기 싫고 더럽게만 보이는군. 그런데 이 주정뱅이에게 장난 좀 쳐봐야겠어. 자네들은 어떻게 생각하나? 이 녀석을 침실로 떠메고 가서 좋은 옷으로 갈아입히고, 반지도 끼워 주고, 머리맡엔 진미를 갖다놓고, 그럴 듯한 시종들도 대기시켜 놓는다면, 잠이 깬 뒤 이 거지가 자기 신분을 감쪽같이 착각하지나 않을까?

사냥꾼1　정말이지 그땐 아마 어리둥절해할 것입니다.

사냥꾼2　잠이 깨면 아마 어리둥절해할 것입니다.

영 주　달콤한 꿈을 꾸고 있을 때나 허망한 망상에 잠겨 있을 때와 같을 테지. 그럼 이자를 옮겨들이고 잘해 봐. 내 가장 좋은 방으로 가만히 옮겨가란 말이야. 그리고 방안에는 온통 음탕한 그림들을 걸어 놓고, 이 더러운 머리에는 따뜻한 향수를 뿌려주고, 향목(香木)을 태워서 방안을 향기롭게 하고, 음악을 준비해 두었다가 눈을 뜨거든 미묘한 음악을 상쾌하게 들려주란 말이야.혹 무슨 말을 하거든 빨리 대답하고 공손하게 낮은 음성으로 '무슨 분부하실 말씀이?' 하고 물으란 말이야. 그리고 누구 한 사람은 가득 담은 장미수에 꽃을 띄운 은쟁반을, 다른 사람은 물병을, 또 한 사람은 물수건을 각기 들고 대령하여 '손을 시원하게 씻지 않으시렵니까?' 하고 물으란 말이야. 또 값진 옷을 준비해 두었다가, 어떤 것을 입으시겠는가 물어보고, 사냥개와 말 얘기를 해주고, 부인께서는 주인양반의 병환을 슬퍼하고 계신다고 말하란 말이야. 이렇게 해서 자기를 실성한 사람으로 믿게 만들란 말이야. 그리고 그자가 '하긴 내가 그랬었는지도 모르지' 하거든 당장에 이렇게 말해주란 말이야. 그건 꿈을 꾸신 것이고 사실은 훌륭하신 영주님이 틀림없습니다 라고 말이야……. 그런 식으로, 조심해서 잘해 봐요. 적당히 잘 진행된다면 그거 참 굉장한 위안거리가 아니겠느냐.

사냥꾼1 예, 저희들은 각기 충성을 다하여 이자가 자기를 우리가 말하는 바와 같은 사람인 줄로 생각하게 되도록 하겠습니다.

영 주 살며시 옮겨다가 재우고, 눈을 뜨거든 각기 맡은 대로 하라. (슬라이를 들여간다. 나팔 소리) 아니 저 나팔 소리는? 가서 봐라. (하인 한 사람 나간다) 혹시 어떤 귀족이 여행을 하다가 이 근처에서 좀 쉬자는 것이나 아닐까?

아까 그 하인이 다시 들어온다

영 주 그래 누구더냐?
하 인 배우인뎁쇼. 영주님 앞에서 공연을 해보이겠답니다.
영 주 이리 불러들여라.

배우들 등장

영 주 아 여러분, 잘 왔소.
배우들 감사합니다.
영 주 오늘밤 내 저택에 머물러 주시겠소?
배우1 예, 분부시라면.
영 주 그렇게들 합시다. 저 사람과는 나도 안면이 있지. 언젠가 농부의 맏아들 역을 했지요. 아마, 그때 귀부인을 그럴 듯하게 설복하는 장면이었겠다. 누구 역인지 이름은 잊었으나 그 역은 적역(適役)이었어, 분장도 자연스러웠고.
배우1 그건 소토 역 말씀이신가 봅니다.
영 주 옳아, 그래. 참 잘했더랬어! 그런데 자네들 참 잘 와주었어. 실은 무슨 심심풀이를 계획하고 있는 중인데, 자네들의 멋진 솜씨의 도움만 받는다면 한결 흥겨워질 수 있을 거야……. 글쎄 오늘밤 어떤 영주님께 자네들의 연극을 보여 드릴 생각인데, 다만 내가 염려하는 건, 연극이라곤 생전 처음인 그 영주님의 기묘한 행동을 보고 자네들이 예절도 잊고, 우스꽝스럽게 여기는 바람에 그분의 기분을 상하게 하지나 않을까 하는 점이야. 자네들이 웃으면 그분은 화가 날 것이니까.

배우1 염려 마십시오. 저희들은 꼭 행동을 조심하겠습니다. 비록 그분이 천하에 둘도 없는 어릿광대라도 말입니다.

영 주 음, 여봐라, 이분들을 식당으로 안내해서, 한 분 한 분 극진히 대접해라……. 내집에서 할 수 있는 거라면 뭐 하나 부족함이 없도록 해드려라. (하인이 배우들을 안내하여 들어간다) 여봐라, 너는 시동아이 바돌러뮤한테 가서 귀부인 차림으로 싹 갈아입히고, 그 아이를 아까 그 주정뱅이 방으로 데리고 가서 마님, 마님 하며 굽실대게 하란 말이야. 그만한 보수는 있을 테니까 이렇게 하라고 일러 다오. 글쎄 귀부인이 남편에게 하는 것처럼 품위 있게 주정뱅이한테 대하고, 말도 고분고분, 허리도 나지막이 굽히라고 이르란 말이야. '무슨 분부든지 말씀하세요. 당신의 부인으로 부족한 아내지만, 소녀는 정성과 애정을 보여 드리기 위해서 이렇게 서 있겠습니다.' 하고 말이다. 그리고 정답게 안고서 키스를 하고 싶어하며, 머리를 상대방 가슴에 파묻고 눈물을 짜내라고 일러라. 글쎄 가엾게도 일곱 해 동안이나 자기 자신을 비참한 거지로만 생각하고 있던 남편이, 이제는 건강이 회복되어서 정말로 기쁘다고 하라고 해. 그애가 맘대로 소나기 같은 눈물을 쏟는 여자의 재주가 없거든 묘안이 있다. 양파를 헝겊에 싸가지고 눈에 비벼대면 눈물이 나오고 말 것 아니냐? 이상, 되도록 빨리 처리해 다오. 다음 지시는 곧 다시 내리겠다. (하인 퇴장) 시동아이는 그 품위나 음성이나 태도나 몸가짐 등으로 봐서 넉넉히 귀부인 흉내를 낼거야. 어서 들어보고 싶구나, 그 아이가 주정뱅일 남편이라고 부르는 것을. 또 내 부하들이 우스운 것을 참고서 그 바보 같은 농꾼에게 굽실거리는 꼴은 참 가관이 아니겠는가. 안에 들어가서 주의를 시켜야겠어. 설마 내가 참석하면 너무들 흥겨워하다가 일을 그르치는 일은 없을 테지. (모두 퇴장)

제 2 장

영주의 저택

호화스런 침실, 잠옷을 입은 슬라이가 의자에 기대어 곤하게 자고 있다. 그 주위에 시종들이 의복을, 혹은 대야와 물병을, 혹은 그 밖의 물건들을 들고 서 있다. 여기에 영주가 등장한다.

슬라이 (잠이 덜깬 얼굴로) 제발 맥주나 한 병 다오.

하인1 대감님, 백포도주로 하시면 어떠시겠습니까?

하인2 설탕 조림 과일을 들지 않으시겠습니까?

하인3 오늘은 어떤 옷을 입으시겠습니까?

슬라이 난 크리스토퍼 슬라이야. 날 대감, 대감 하지 말라니까. 백포도주 따윈 생전 마셔보지 못했어. 설탕 조림 과일을 주려거든 쇠고기 조림이나 줘. 무슨 옷을 입겠느냐고 묻지도 말어. 이 잔등이 내 저고리고, 두 다리가 양말이고, 신발은 발이고, 아니 발이 신발이라니까. 그래서 글쎄 이렇게 발가락이 가죽 밖으로 삐져나와 있잖나.

영 주 아이고, 우리 대감의 이 까닭 모를 병환을 속히 낫게 해주십소사! 그렇게도 훌륭한 혈통과 그렇게도 많은 재산에다, 그렇게도 귀하신 분께 이렇게 흉악한 악렁이 들리다니.

슬라이 아니 당신들은 생사람을 미치게 할 작정이오? 내가 크리스토퍼 슬라이가 아니란 말인가, 버튼 히드에 사는 슬라이 영감쟁이의 자식인? 원래는 행상이었는데 솔 공장에 취직했다가 곰지기로 바꿔치고, 그것도 그만두고 지금은 땜장이 노릇을 하고 있는 슬라이가 아니란 말인가? 윙커트 주막의 저 뚱뚱한 안주인 매리언 해케트한테 가서 날 아느냐고 물어 보구려. 외상 술값이 십사 펜스 달려 있지만, 그런 일이 없다고 그 마님이 잡아뗀다면, 나야말로 그리스도교도의 나라에서 제일가는 거짓말쟁이지 뭐야……?

하인이 맥주를 가지고 등장

슬라이 내가 미치다니, 천만에. 그 증거로……. (하인이 내민 맥주잔을 받아서 마신다)

하인3 아, 이러시기 때문에 마님께서도 슬퍼하고 계십니다.

하인2 이러시기 때문에 저희들도 근심하고 있습니다.

영 주 이러시기 때문에 일가 친척들도 실성을 두려워하여 겁을 먹고 대감님과 발을 끊은 것입니다. 아 대감님, 좀 가문을 생각하셔서, 쫓아낸 그 전 마음을 도로 불러들이시고 이 비참한 악몽일랑 몰아내 버리십시오.

보십시오, 이렇게 하인들이 곁에서 대감님의 분부를 기다리고 서 있지 않습니까. 음악은 어떻겠습니까? 악성 아폴로가 연주하는 음악을 들어 보십시오. (음악이 연주된다) 소쩍새들도 스무 마리나 새장에서 노래를 하고 있습니다. 아니, 졸리십니까? 자리를 깔아 드릴까요? 저 앗시리아의 세미러미스 여왕을 위하여 마련했다는 음란한 침상보다 더 푹신하고 달콤한 침상입니다. 산보하시겠다면 땅바닥에 꽃을 뿌려 놓겠습니다. 또는 말을 타시겠습니까? 황금과 진주로 꾸민 마구(馬具)를 채워 가지구 말들을 대기시켜 놓겠습니다. 매 사냥은 어떠십니까? 아침의 종달새보다도 높이 날 매들이 준비되어 있습니다. 혹 사냥은 어떠십니까? 사냥개들은 하늘을 향해 짖어대고 드넓은 대지에서 날카롭게 울어댈 것 아니겠습니까.

하인1 달리라고 하시면, 사냥개들은 수사슴처럼 숨도 안 쉬고 쏜살같이 달릴 것입니다. 날쌔기론 노루도 어림없습니다.

하인2 그림은 어떻겠습니까? 지금 당장이라도 내오겠습니다. 넘나드는 개울가엔 미소년 아도니스가 서 있고, 향부자 덤불 속에는 아름다운 여신 시데리어가 누워 있고, 그 입김에 요염하게 움직이는 향부자들이 마치 바람에 산들거리는 듯 보이는 그림 말입니다.

영 주 또 하나의 그림도 보여 드리겠습니다. 숫처녀 아이오가 주피터 신한테 몰래 습격당하는 그 광경이 생생하게 그려진 그림 말입니다.

하인2 또는 여신 다프네가 아폴로 신에게 쫓겨 찔레밭을 헤매다가 다리를 긁히고 피가 나올 지경이 되자, 그 광경에 아폴로마저 슬퍼하고 피눈물을 자아낸 그런 그림은 어떠십니까?

영 주 대감님, 대감님은 정말로 저희들의 대감님이십니다. 대감님껜 이 말세에 다시 없이 아름다운 부인이 계십니다.

하인1 대감님 때문에 흘리신 눈물이 밉살스런 홍수같이 그 아름다운 얼굴을 흘러내리기 전에는 천하의 미인이셨습니다. 아니, 지금만 해도 누구보다 못하지 않으십니다.

슬라이 내가 대감이고, 내게 그런 부인이 있었던가? 꿈결이 아닐까? 아니, 지금까지 꿈을 꾸고 있었을까? 확실히 잠결은 아니야. 음, 내 눈에 보이고, 내 귀에 들리고, 내가 말을 하고 있구먼. 좋은 냄새도 나고, 만져 봐도 보드랍구먼. 정말 내가 대감일까, 땜장이 크리스토퍼 슬라이가 아니라……. 그럼 아씨를 어서 모셔와요. 맥주도 한 병 더 가져오고.

하인2 (대야를 내밀며) 대감님, 손을 씻으십시오. (슬라이가 손을 씻는다) 대감님께서 정신을 회복하시고 다시 신분을 알아보시니 저희들은 참으로 기쁩니다. 지난 열다섯 해를 꿈속에 계시다가 마치 잠에서 깨어나시듯 이제 눈을 뜨셨습니다.

슬라이 열다섯 해나! 제기 많이도 잤네. 하지만 그동안 아무 말도 하지 않던가?

하인1 대감님, 겨우 헛소리밖에 하시지 않았습니다. 이렇게 훌륭한 방에 누워 계시면서도 밖으로 쫓겨났다고 말씀하시고, 술집 안주인을 야단치셨습니다. 또 마개를 딴 두 홉들이 병을 가져오라는데 돌 주전자를 가져왔다고 고소를 하시겠다는 둥, 혹은 이따금 시실리 해케트란 이름을 입에 담으셨습니다.

슬라이 음, 그건 주막집 색시야.

하인3 아닙니다. 대감님께선 그런 술집이나 그런 색시를 아실 리 없으십니다. 그리고 스티븐 슬라이니 그리스 마을의 존 냅스 영감이니, 이 밖에도 스무남은 명의 이름을 입에 담으셨지만, 그런 사람들은 있지도 않고 만나보시지도 않은 사람들입니다.

슬라이 그렇다면 죄다 하나님 덕분이군. 참 감사해야 할 일이구먼!

모 두 아멘!

슬라이 다들 고맙소. 여러분의 기원이 헛되지 않게 하겠소.

부인으로 변장한 시동이 시종을 거느리고 등장. 그 중의 한 시종이 슬라이에게 맥주를 권한다.

시 동 서방님, 좀 어떠세요.

슬라이 아 좋소, 좋아. 이제 여간 기운이 나지 않는구려. 헌데 내 아내는?

시 동 여기 있어요, 대감님. 무슨 용무라도?

슬라이 당신이 내 아내요? 그럼 왜 남편을 여보라고 부르지 않소? 내 부하들은 대감, 대감 해도 좋지만, 난 당신의 남편이 아니오?

시 동 저의 남편이며 어른이에요. 대감님, 서방님, 전 당신의 아내로서 뭐든지 당신 뜻대로 하겠어요.

슬라이 잘 알았소. 그럼 나는 당신을 어떻게 부를까?

영 주 부인이라고 부르십시오.

슬라이 앨리스 부인이요, 존 아씨요?

영 주 그냥 부인이라고만 부르십시오. 대감들은 각기 부인을 다 그렇게 부른답니다.

슬라이 여보 부인, 듣자니 난 열다섯 해 이상이나 잠을 자며 꿈을 꾸고 있었다는데, 그게 정말이야?

시 동 네, 그것이 소녀에게는 삼십 년이나 되는 것만 같애요. 그동안 소녀는 죽 독수 공방이었어요.

슬라이 그거 참 안됐구먼. 여봐라, 너희들은 물러가고 우리 두 사람만 있게 해다오. (하인들이 물러선다) 부인, 자 옷을 벗어요. 그러고 잠자리로 들어가 보자고.

시 동 귀하고도 귀하신 대감님, 소녀의 간청이옵니다. 제발 한두 밤만 참아주세요. 그것조차 안 되시겠다면 해가 질 때까지만이라도. 의사님들의 말씀이, 병환을 다시 유발시킬 우려가 있으니까 동침은 삼가라고 하셨어요. 이만하면 소녀의 변명을 이해해 주실 거예요.

슬라이 음, 아무래도 한시도 참을 수가 없는걸. 하지만 또다시 그런 악몽 속에 떨어지는 것도 싫고 하니 참기로 하지. 피와 살이 뛰기는 하지만.

하인 한 사람 들어온다.

하인1 대감님의 전속 배우단이 대감님께서 쾌유하시단 소식을 듣고서 희극을 상연할 생각으로 문안와 있습니다. 의사 선생님들도 대단히 찬성하십니다. 심한 슬픔이 피를 굳어지게 하고 우울증이 실성의 보금자리이니만큼, 연극을 보시고 흥겨운 일에 맘을 돌리시면

수많은 해악도 미리 방지되고, 수명도 길게 하실 수 있다고 합니다.

슬라이 음, 그럼 곧 착수해 보라고. 헌데 그 희극인가 뭔가는 크리스마스 춤인가, 또는 곡예사의 요술인가?

시 동 아녜요 서방님, 그건 훨씬 더 재미있는 것이에요.

슬라이 아니 그럼 살림살이 도구 같은 것인가 보군?

시 동 그건 옛날 얘기 같은 것이에요.

슬라이 음, 아무튼 구경이나 해보자꾸나. 자 부인, 내 곁에 와서 앉구려. 우리가 두 번 다시 이처럼 젊어 볼 수야 있겠나.

시동, 슬라이 곁에 앉는다. 나팔 소리. 〈말괄량이 길들이기〉 극이 시작된다.

제 1 막

제 1 장

패듀어의 광장

바프티스타와 호텐쇼의 집과 다른 집들이 광장을 면하여 있다. 광장에는 수목들이 서 있고 벤치가 놓여 있다. 루센쇼와 그의 하인 트래니오 등장

루센쇼 여봐라 트래니오, 문화의 요람지인 이 아름다운 패듀어를 꼭 한번 구경하고 싶었는데 이탈리아의 낙원이라 할 이 기름진 롬바르디 평야에 이제야 이르렀구나. 더구나 아버지의 호의와 승낙 아래 너같이 믿음직한 시종하고 동행하니 모든 일은 다 잘만 돼 가는구나. 자, 여기서 좀 쉬자꾸나. 그러고 나서 천천히 학문과 문화의 길을 찾기로 하자. 점잖은 시민들로 이름난 피사에서 태어나 천하를 주름잡는 벤티보리오 가문의 대상인 빈센쇼를 아버지로 갖고, 플로랜스에서 교육을 받은 내가 아니냐. 그러니 세상의 기대에 어긋나지 않기 위해서는 그만한 행운을 그만한 인격으로 장식해야 할 것 아니냐. 그러니까 이봐, 지금 내가 배우고 싶은 것은 덕인데, 이 철학을 몸에 지니고 나면 덕으로 말미암아 행복에 도달하는 길도 자연 알

게 될 것이 아니냐 말이다. 그래 네 생각은 어떠냐. 내가 피사를 버리고 패듀어에 온 것은 이를테면 얕은 웅덩이 물을 떠나 깊은 못에 몸을 담그고 흐뭇하게 갈증을 없애고 싶은 마음에서다.

트래니오 예, 도련님, 전 뭐든 도련님과 같은 맘이라 참 기쁩니다. 달디단 학문의 단물을 빨아잡수시겠다는 그 결심을 제발 그대로 계속하십쇼. 헌데 도련님, 도덕이니 수양만을 숭상하시다가 제발 저 금욕주의자인지 돌대가린지는 되지 말아 주십쇼. 엄격한 아리스토텔레스의 말만 듣고 계시다가 달콤한 오비드를 내던지게 되심 안 되니까요. 친구 사이의 대화는 논리학의 공부로 삼으시고, 보통 대화도 수사학(修辭學)의 연습으로 삼으십쇼. 기분을 되살리기 위해선 음악이나 시가 좋고, 수학이니 형이상학 같은 것도 입맛이 당기실 적에는 해보셔도 좋습죠. 흥미가 없는 곳엔 소득도 없는 법입니다. 요는 도련님이 가장 하고 싶은 공부를 하십쇼.

루센쇼 고맙다, 트래니오, 네 말이 옳고말고. 헌데 비온델로의 도착만 이렇게 늦어지지 않았다면, 우린 당장 여관을 정하고 지금 패듀어에서 얻을 수 있는 친구들을 죄다 초청하여 대접할 수 있을 것 아니냐? 헌데 가만 있자, 저분들은?

트래니오 도련님, 저분들은 우리를 마중나온 행렬 같습니다.

문이 열리고 바프티스타가 두 딸 캐터리너와 비안카를 데리고 등장. 늙은 어릿광대인 그레미오와 호텐쇼가 그 뒤에 등장. 두 사람은 비안카의 구혼자다. 루센쇼와 트래니오는 나무 그늘에 숨는다.

바프티스타 인제 제발 날 그만 조르시오. 내가 굳게 결심하고 있는 것을 당신들도 알고 있잖소. 글쎄 큰딸의 신랑을 정하기 전에는 작은딸을 시집보낼 수는 없습니다. 만약 두 분 중에 캐터리너를 사랑하는 분이 있다면, 그야 나와는 잘 아는 사이고 나의 호의를 받고 계신 두 분이니까, 사양마시고 제발 그애와 직접 담판해 보시구려.

그레미오 담판이 아니라 재판을 해야 할 판이외다, 큰따님은 내 힘으로 다룰 수 없어 놔서요……. 헌데 여보, 호텐쇼, 당신이야 어떤 아내든 상관하지 않을 테지?

캐터리너 아버지, 그래 절 이런 녀석들 앞에서 웃음거리로 만드시려는 거예요?

호텐쇼 녀석들이라고, 이 아가씨가! 그게 무슨 소리야? 좀더 처녀답게 점잖게 굴지 않으면 당신의 남편이 될 녀석은 없어요, 없어.

캐터리너 누가 그런 걱정해 달래요. 난 결혼할 생각은 조금도 없어요. 하지만 만약 결혼을 하는 날엔 정말이지, 세발 의자를 벗삼아 당신의 머리털을 빗겨주고 얼굴에는 색칠을 해서 바보 취급이나 해줄 테야.

호텐쇼 아이고 하나님, 제발 이런 악마 같은 것한테서 저를 구해 주십소사.

그레미오 제발 저도…….

트래니오 (방백) 쉬, 도련님! 이거, 여간한 구경거리가 아닙니다. 저 말괄량인 완전히 미쳤거나 안 그렇다면 굉장한 고집쟁이 같습니다.

루센쇼 그런데 말없는 다른 쪽은 아주 처녀답게 얌전하고 온순하구나. 쉬, 트래니오.

트래니오 참, 말씀마따나 벙어리 같군요. 실컷 바라보십쇼.

바프티스타 그럼 두 분, 내가 한 말을 곧 실천해 보이기 위해서! 그런데 비안카야, 너는 안으로 들어가라. 그러나 네가 언짢게 생각해서는 안 된다. 내가 널 사랑하는 마음에는 변함이 없으니까. (비안카의 머리를 쓰다듬는다)

캐터리너 아이고 귀염둥이로군. 손가락을 눈에 대고 울어라. 얘, 너도 그만한 까닭을 안다면 말이다.

비안카 언닌 내가 잘못 되면 시원할 거야. 아버지, 전 아버님 분부대로 하겠어요. 책과 악기를 동무삼아 혼자 읽고 연습하겠어요.

루센쇼 (방백) 저봐라 트래니오, 미네르바 여신이 입을 열지 않느냐.

호텐쇼 바프티스타님, 그건 너무하잖아요. 저희들의 호의가 도리어 비안카의 슬픔의 씨가 되다니 참으로 섭섭합니다.

그레미오 바프티스타님, 그래 이런 지옥의 마녀 때문에 작은따님을 가둬놓고 그 독설의 벌을 동생에게 받게 할 작정이십니까?

바프티스타 아무튼 두 분, 양해해 주시오. 난 이미 결심했소. 얘, 안으로 들어가라, 비안카야. (비안카 퇴장) 글쎄 그애는 뭣보다도 음악과 악기와 시(詩)를 좋아합니다. 미숙한 그애를 가르쳐 줄 가정교사를 둘 생각입니다. 재주 있는 분 같으면 잘 대접해 드리고 자식들의 교육엔 돈 같은 건 아끼지 않을 생각이오. 그럼 뒤에 또 봅시다. 얘 캐터리너, 넌 여기 더 있어도 좋다. 난 비안카한테 가봐야겠다. (퇴장)

캐터리너 어머나, 나도 들어가 볼 테야, 왜 못 들어가 본담? 그래 왜 일일이 지시를 받아서 행동을 해야 한담? 내가 맘대로 오고가고 하는 것조차도 모르는 사

람이람? 흥! (획 돌아선다)

그레미오 악마 어미한테로나 가보려무나. 인품이 그렇게 알뜰해서야 누가 붙잡으려고. (캐터리너는 안으로 달려들어가서 문을 쾅 닫는다) 여보 호텐쇼, 저래서야 부녀 사이가 별로 좋지 않을 것 같소. 허나 우리네는 손끝이나 호호 불어대면서 먹지 않고 참아봅시다. 지금 형편으론 밥은 설었소, 설어. 그럼 안녕히 계시오. 하지만 사랑스런 비안카를 생각하니 안됐군 그래. 그애가 좋아하도록 어떻게 해서든지 적당한 가정교사를 찾아내어 그애 아버지께 추천해야겠는걸.

호텐쇼 나도 그렇게 할 생각이오. 그레미오님, 한 마디 상의해야겠소. 우리는 서로 경쟁자의 입장이라, 오늘까지 의논이라곤 하지 않았지만, 이렇게 되고 보니 생각을 좀 달리 해야겠습니다. 우리가 다시 그 아가씨한테 접근하여, 서로 그 사랑을 다투는 행복한 경쟁자가 되려면 한 가지 특별한 일을 마련해야 할 것 같습니다.

그레미오 대체 뭐 말이오?

호텐쇼 언니 쪽 신랑을 구해 주는 일 말이오.

그레미오 신랑! 악마 말인가요?

호텐쇼 아니 신랑 말이오.

그레미오 아냐, 악마야. 글쎄 생각 좀 해봐요. 아버지가 제아무리 부자라고 해도 지옥으로 장가를 들 쓸개빠진 녀석이 어디 있겠냐 말이오?

호텐쇼 체, 그레미오님도! 당신이나 나는 그 계집애의 말을 순순히 받아넘기지 못하지만, 세상에는 호인도 있으니까 그런 걸 만나면, 설사 아무리 흠집이 많다 할지라도 지참금도 있겠다 그 계집애는 시집가게 될 것입니다.

그레미오 글쎄요. 그러나 나 같으면 혼수를 받느니보다는 차라리 매일 아침 네거리에서 매를 맞는 편이 낫지.

호텐쇼 하긴 댁의 말씀마따나, 썩은 사과를 고를 사람은 별로 없을 것입니다. 그렇지만 자, 이렇게 같은 운명에 놓이고 보니 피차 친구가 될 수밖에요. 그러니 당분간은 서로 협력하여 바프티스타네 큰딸에게 신랑을 구해 주고, 작은딸도 자유롭게 결혼할 수 있도록 해줍시다. 그러고 나서 경쟁하기로 합시다. 아, 아름다운 비안카여! 그대를 얻는 남자는 행복해! 가장 빨리 뛰는 자가 반지를 차지하렷다! 자 어떻습니까, 그레미오님?

그레미오 찬성이오. 누구든지 그 가시내한테 구애하여 완전히 설복하고 결혼해서 침실로 데리고만 가주면, 글쎄 친정집에서 몰아내어만 주면, 난 그분에게 패듀어

에서 일등 가는 말을 선사할 테야. 자, 가봅시다. (두 사람 퇴장)

트래니오 아이고 도련님, 그게 정말이십니까. 그렇게 별안간 사랑에 붙들려 버리시다니?

루센쇼 아 트래니오, 지금까지만 해도 설마 그런 일은 절대로 있을 것 같지가 않았다. 헌데, 부질없이 바라보고 서 있는 동안에 그만 멍하니 사랑에 빠지고 말았구나. 이렇게 되고 보면 네게 솔직하게 고백하겠다. 카르타고의 여왕 다이도는 동생 애너에게 비밀을 고백했다지만, 너와 나는 그보다도 더한 사이가 아니냐? 그러니 트래니오, 내가 그 얌전한 처녀를 얻지 못하는 날엔 내 가슴은 타고 메말라서 끝내 죽고 말 거야. 이봐 트래니오, 어떻게 하면 좋을까. 너 같으면 좋은 지혜가 있을 거다. 여봐, 날 좀 도와 다오. 너 같으면 그만한 일은 할 수 있을 것 아니냐.

트래니오 도련님, 이젠 도련님을 책망할 단계가 아닌 것 같습니다. 연심이란 건 힐책한다고 가슴에서 떠나지는 않으니까요. 한번 연심에 붙들리면, 별수 없습니다. 허나 라틴어 속담에도 있잖습니까, '보석금(保釋金)은 되도록 싸게'라고요.

루센쇼 얘, 고맙다. 자 어서, 본론을. 충고는 그럴 듯하니까, 다음 말도 위안이 될 것 같구나.

트래니오 도련님은 그 색시한테만 빠져 넋이 없으시다니까 문제의 핵심을 미처 못 보셨을 거예요.

루센쇼 아, 그 아름다운 얼굴은 애지노의 딸 유럽파를 방불케 했다. 조브 신이 소로 둔갑하여 크레타 해안에 이르렀을 때, 공손히 무릎을 꿇고 그녀의 손에 키스를 청했다는 그 유럽파 말이다.

트래니오 그 밖엔 못 보셨습니까? 언니 쪽이 떠들고 고래고래 소리를 지르며, 도저히 사람 귀론 듣지 못할 소동을 일으킨 건 못 보셨습니까?

루센쇼 음 봤어. 그녀의 산호 같은 입술이 달싹이자 그 입김으로 주위에 향기를 뿌리곤 했지. 그녀 속에 보인 것은 죄다 거룩하고 감미로웠어.

트래니오 이거, 꿈에서 좀 깨워 드려야겠는걸. 도련님, 정신을 차리십쇼. 그렇게도 그 아가씨를 사랑하심 지혜를 짜내어 손에 넣을 궁리를 하셔야죠. 사태는 이렇습니다. 그 아가씨의 언니는 이만저만한 말괄량이가 아니라 놔서 아버지로선 언니 쪽을 치워버리기 전에는, 도련님이 사모하시는 색시는 처녀로 집에만 들어박혀 있어야 합니다. 구혼자가 귀찮게 굴지 못하도록 아버지가 딸을 꼭 가두어 놓을 것이니까요.

루센쇼 아, 트래니오, 참 지독한 아버지도 다 있구나! 그러나 이봐, 넌 듣지 못했느냐? 딸애를 교육시키기 위해서 좋은 가정교사를 물색중이라고 하지 않던?

트래니오 저도 들었어요. 마침 좋은 계획이 있습니다.

루센쇼 나도 그래.

트래니오 그렇다면 틀림없이 우리 두 사람의 계획은 같을 것입니다.

루센쇼 그럼, 어디 네 계획 좀 들어 보자.

트래니오 도련님이 가정교사가 되셔 가지고 그 아가씨의 교육을 맡는 것입니다. 그런데 도련님 계획은?

루센쇼 나도 같아. 헌데 잘 될까?

트래니오 좀 어려울 것 같은뎁쇼. 그러면 도련님의 역할은 누가 합니까? 빈센쇼님네 아들로서 패듀어에 묵으면서 셋집을 지키고 책을 읽고, 친구들을 대접하고, 이런 역할은 대관절 누가 합니까?

루센쇼 염려할 것 없다. 마침 좋은 생각이 났어. 우리는 아직 아무네 집에도 들어가 보지 않았으니까 어느 쪽이 하인이고 어느 쪽이 주인인지 우리 얼굴을 분간할 사람은 없잖니. 그러니까 이렇게 하자꾸나. 트래니오, 네가 내 주인이 되어 내 대신 집도 얻고, 주인 행세를 하고, 하인도 거느리란 말이야. 난 다른 곳에서 온 사람같이 가장할 테야. 플로렌스 사람이나 나폴리 사람이나 아니면 미친한 피사 사람같이 말이다. 이제 계획은 섰으니 실행에 옮기자. 자 트래니오, 얼른 옷을 벗고 이 화려한 모자와 외투를 입어라. 비온델로가 도착하면 네 하인 역을 시키겠다. 그러나 그 전에 먼저 그 녀석을 속여서 입을 봉해 놔야 하겠다.

트래니오 그럼, 할 수 없군요. (두 사람이 옷을 바꾸어 입는다) 아무튼 도련님이 정 그러시다면, 전 복종할 수밖에요. 떠날 때에 아버님께서도 신신 당부하시며, '내 아들에게 잘해라'라고 하셨으니까요. 하기야 설마 이런 의미에서는 아니셨을 것입니다만. 아무튼 제가 기꺼이 루센쇼가 돼드리죠, 소중한 도련님을 위해서라면.

루센쇼 트래니오, 좀 그렇게 해다오. 이제 이 루센쇼에게도 사랑이 눈을 떴으니, 그 처녀를 얻기 위해서라면 난 노예가 돼도 좋다. 원, 한번 보자마자 느닷없이 이 눈에 상처가 나고 사로잡히다니. (비온델로가 들어온다) 저 녀석이 오는구나. 얘, 너 어디에 가 있었어?

비온델로 어디에 가 있었냐구요? 아니 원, 그럼 도련님은 어디 계셨어요? 아니 이거, 트래니오 자식이 도련님 옷을 훔쳐 입었나요? 혹은 도련님이 트래니오 자식의 옷을 훔쳐 입었나요. 아니, 서로 훔쳐 입었나요? 대체 이거 무슨 영문입니까?

루센쇼 얘, 이리 와봐. 농담하고 있을 때가 아니다. 그러니까 이 분위기에 좀 맞춰달란 말이야. 네 동료 트래니오는 지금 내 목숨을 구하기 위하여 내 옷차림으로 내 행세를 하고, 난 트래니오 옷을 입고 도주하려는 거다. 글쎄, 난 이곳에 도착하자 싸움에 말려들어 사람을 죽였는데 아마 발각될 것 같다. 그러니까 내 명령인데, 네가 트래니오의 하인이 돼가지고, 내가 안전하게 도피할 수 있게 하란 말이야. 어때, 알겠니?

비온델로 뭐가 뭔지 알 수가 없는데요.

루센쇼 절대로 트래니오라고 불러선 안 돼. 이젠 트래니오는 루센쇼가 돼 있으니까.

비온델로 참 부럽군. 나도 그렇게 돼 봤으면!

트래니오 정말 그렇게 돼가지고 그 다음의 소원을 풀어 봤으면! 바프티스타네 작은딸을 얻고 싶어 하시는 도련님이 돼 가지고 말야……. 근데 이봐, 이거 나 때문이 아니라 도련님 때문이지만, 어딜 가나 탄로나지 않도록 조심하란 말야. 단둘이 있을 땐 그야 물론 트래니오지. 하지만 그 밖의 경우엔 언제든지 난 네 주인 루센쇼란 말이야.

루센쇼 트래니오, 이제 가보자. 한 가지 더 부탁이 있다.

네가 그 구혼자들의 한 사람으로 행세를 해야 한다. 그 이유는 묻지 마라. 허나 안심해. 나쁜 일은 아냐. 깊은 까닭이 있어서 그러는 것이니까. (모두 퇴장)

서막의 인물들이 상단(上段)에서 이야기를 한다.

하인1　대감님은 졸고 계시는데……. 연극이 마음에 안 드시는 모양이군요.

슬라이　(잠을 깨며) 아냐, 천만에. 여간 걸작이 아닌걸. 다음에 또 뭣이 있나?

시 동　아이고 서방님도. 이제 겨우 시작인걸요.

슬라이　여보, 부인 마누라, 이거 참 대단한 걸작이구려. 제기 얼른 끝났으면 좋겠네.

모두 자리에 앉고 다시 연극이 시작된다.

제 2 장

패듀어의 광장
페트루치오와 그의 하인 그루미오가 등장하여 호텐쇼의 집 문앞으로 다가온다.

페트루치오 베로나를 잠시 작별하고 이렇게 패듀어의 친구들을 찾아왔는데 그 중에도 가장 친한 친구, 호텐쇼를 만나봐야지. 이게 그 집이다, 틀림없이. 얘, 그루미오, 자, 두들겨 봐라.

그루미오 두들기다뇨? 누굴 두들깁니까? 누가 주인님께 실례라도 했습니까?

페트루치오 이 녀석아, 여길 쿵쿵 두들기란 말이야.

그루미오 여길, 주인님을요? 그래 제가 여기, 주인님을 두들겨서야 뭐가 되게요?

페트루치오 요것 보게, 이 문을 두들기란 말이야. 쿵쿵 두들기라니까, 머뭇머뭇하고 있으면 네 머리빡을 두들겨 줄 테니까.

그루미오 왜 그렇게 시비조이십니까. 하지만 제가 먼저 주인님을 두들긴다고 치면, 제가 무슨 봉변을 당할 것인가는 뻔한 일이 아닙니까.

페트루치오 그래도 거스를 테야? 그러면 임마, 내가 널 두들겨서 소릴 내게 해주겠다. 어디 도, 레, 미 소리 좀 내봐라. (그루미오의 귀를 비튼다)

그루미오 아이고, 사람 살리슈. 우리 주인네가 미쳤답니다.

호텐쇼가 문을 열고 나온다.

호텐쇼 이거 웬일들인가? 아니 그루미오, 그리고 페트루치오가 아냐? 그래 베로나는 어떤가?

페트루치오 야, 호텐쇼, 자넨 싸움을 말리는 역이란 말이군? 그럼 난 '참 잘 만났소' 이렇게나 말할까.

호텐쇼 그럼 난 '진심으로 환영하오, 페트루치오님'이라고 해두지. 한데 자 그루미오, 일어서게, 어서. 이 싸움은 화해하기로 하지.

그루미오 그렇게 어려운 문구들을 쓰셔도 내겐 상관 없어요. 이래도 하직할 정당한 이유가 안 된단 말씀이십니까, 호텐쇼 나리. 주인님은 절 보고 실컷 쿵쿵 두들겨 달래고서. 하지만 하인이 어떻게 주인님께 그렇게 할 수 있겠습니까, 그런 짓을 어떻게 할 수 있겠습니까. 제기, 차라리 내가 먼저 실컷 두들겨 줬더라면, 이 그루미오가 이런 지독한 꼴은 당하지 않았을 것을.

페트루치오 요 멍텅구리 같으니! 여보게 호텐쇼, 내가 이 녀석보고 자네 집 문을 두들기라고 했는데, 이 녀석이 어디 그걸 알아들어야지.

그루미오 문을 두들기라고 하셨다구요? 아이고, 주인님은 똑똑히 이렇게 말씀하셨잖아요. '임마 여길 두들겨, 여길 두들기라니까, 쿵쿵 실컷 두들기라니까'라고. 그리고 문을 두들기란 말씀은 이제서야 하시면서요?

페트루치오 임마 가버려, 잠자코 대꾸나 말든지.

호텐쇼 여보게 페트루치오, 좀 참게나, 내가 그루미오의 보증인이 돼줄 테니. 원 이거 주인네와 하인 사이에 굉장한 싸움이구먼. 쾌활한 충복 그루미오를 가지고. 헌데 여보게, 무슨 좋은 바람이 불어서 고향 베로나를 버리고 이렇게 패듀어를 찾아왔나?

페트루치오 좁다란 고향에 싫증난 젊은이들을 부추기어 외국에서 신세를 고쳐보게 하는 바람에 불려서 왔지. 헌데 여보게 호텐쇼, 실은 우리 아버지 앤토니오는 돌아가셨네. 그래서 난 운명에 몸을 내던지고, 요행히 가능하다면 아내를 얻고 돈도 벌어 보자는 속셈일세. 지갑에는 돈을, 고향에는 유산을. 이래서 세상 구경을 하려고 이렇게 나온 것이네.

호텐쇼 여보게 페트루치오, 그렇다면 솔직히 할 얘기가 있네. 못생긴 말괄량이가 하나 있는데 그걸 아내로 맞아보지 않겠나? 이런 얘긴 그리 달갑지 않을는지 모르지만 그것이 부자라는 것만은 말해 두겠네. 이만저만한 부자가 아니라네. 그야 물론 소중한 친구인 자네에게 그런 여자를 권하고 싶지는 않네만.

페트루치오 여보게 호텐쇼, 우리 친구 사이에 빈말은 그만두세. 아무튼 이 페트루치오의 마누라로서 부족하지 않을 만한 재산이 있다면……. 재산이 구애(求愛)의 반주가 될 테니까. 그녀가 저 플로렌티어스의 애인같이 박색이건, 백 살 먹은 무당같은 할멈이건, 아니 소크라테스의 아내 크산디페를 뺨칠 정도로 고약한 바가지쟁이건 상관 없네. 가령 그녀가 저 아드리아 바다의 파도같이 사납게 굴더라도 난 꼼짝 않을 것이고, 내 감정도 달싹 안할 것이네. 부자 여편네를 얻으려고 패듀어를 찾아온 이 사람이네. 돈만 생긴다면야, 이 패듀어는 천당이지 뭔가.

그루미오 호텐쇼 나리, 주인님의 지금 말씀은 정말 본심입니다. 돈만 생긴다면, 상대가 꼭두각시건, 난쟁이건, 혹은 말 쉰두 필 몫의 병을 혼자 짊어지고 이빨은 한 개도 없는 할멈이건, 우리 주인님은 마누라로 삼을 겁니다. 그야 만사 태평입죠, 돈만 생긴다면.

호텐쇼 여보게 페트루치오, 얘기가 여기까지 오고 보니

다음을 계속해야겠네. 처음은 농담이었어. 여보게, 실은 자네 중매를 들고 싶은데, 돈은 많아. 그리고 젊고 미인이야. 어디다 내놔도 부끄럽지 않을 만한 교육도 받았어. 그러나 한 가지 흠은 굉장한 흠이긴 하지만 지독하게 왈패고, 사납고, 말괄량이고, 도저히 손을 댈 수가 없을 정도야. 나 같으면 아무리 곤경에 빠져 있더라도, 그리고 황금 노다지를 준대도, 그런 여자와 결혼할 생각은 없어.

페트루치오 가만있게 호텐쇼, 자네 황금의 위력을 모르는구먼. 그녀의 아버지 이름은 뭔가? 그것만 알면 돼. 당장에 찾아가 봐야지. 가령 그 여자가 가을철의 구름처럼 천둥 벼락을 치더라도 상관 없어.

호텐쇼 아버지는 바프티스타 미놀라라고 하는데 아주 호인이고 점잖은 신사야. 딸 이름은 캐터리너 미놀라라고 하는데, 그 지독한 입 때문에 패듀어에서 유명하지.

페트루치오 딸하곤 모르는 사이지만, 아버지 쪽하곤 안면이 있네. 그리고 그분은 돌아가신 내 어르신하고는 잘 아는 사이였지. 여보게 호텐쇼, 인제 난 그녀를 만나 보기 전에는 잠을 자지 않겠네. 자네한테 좀 무례한 것 같네만, 날 좀 그곳으로 안내해 주겠나? 싫다면 이렇게 자네와 만나자마자 작별할 수밖에.

그루미오 제발 우리 주인양반이 변덕이 나기 전에 얼른 안내 좀 해드리십시오. 정말이지, 그 색시가 나만큼 주인님을 알 수 있다면, 아무리 욕을 퍼부어 봤자 막무가내란 것을 깨닫게 될 것입니다. 아마 악당이니 뭐니 하고 욕을 퍼부어 대겠지만 다 쓸데없지요. 주인양반이 한번 시작했다 하면, 지독한 술책을 쓰실 겁니다. 그 색시가 대꾸라도 하는 날엔 주인양반은 그 색시 면상에다 근사한 말을 내던져서 온 낯짝을 근사하게 만들어 버릴 겁니다. 호텐쇼 나리님은 우리 주인양반을 잘 모르시잖습니까.

호텐쇼 거 있게 페트루치오, 내 같이 가줌세. 바프티스타 집에는 내 보물이 맡겨져 있거든. 정말 목숨보다 소중한 보물, 작은딸 아름다운 비안카가 있단 말이야. 근데 그녀의 아버지는 날 접근하지 못하게 하거든. 아냐, 나만 아니라 나의 경쟁자가 될 다른 구혼자들도 얼씬대지 못하게 하고 있어. 글쎄 내가 말한 그 결점 때문에 큰딸 캐터리너를 얻어갈 사람은 없을 거라고 생각한 모양이야. 그래서 그 심통 사나운 캐터리너를 치우기 전에는 아무도 비안카한테 접근할 수 없게 돼 있어.

그루미오 망할 년 캐터리너! 처녀의 별명치고 이렇게 가

혹한 별명이 다 있을까요.

호텐쇼 (페트루치오를 한쪽으로 데리고 가서) 그런데 페트루치오, 날 좀 도와주지 않겠나? 글쎄 좀 점잖은 의복으로 변장한 나를, 비안카를 가르칠 음악에 능숙한 가정교사로 바프티스타 영감에게 추천해 주지 않겠나? 그렇게만 해주면 난 적어도 맘대로 비안카에게 접근하여 태연하게 사랑을 고백할 수 있을 것이니 말이네.

그루미오 이건 음모도 뭣도 아니군. 글쎄 늙은이를 속여먹으려고 젊은이들이 같이 지혜를 짜내는 것 좀 보게.

그레미오가 광장으로 들어온다. 그 뒤에 가정교사로 변장한 루센쇼가 들어온다. 그는 캠비오라고 이름을 바꾸고 있다.

그루미오 주인님, 주인님, 저기 누가 옵니다.

호텐쇼 쉬, 그루미오! 저건 내 연적(戀敵)이야. 페트루치오, 이리 좀 물러서게.

그루미오 잘생긴 젊은이구먼. 게다가 멋쟁이고.

그레미오 아 좋소……. 목록은 한 번 훑어봤소이다. 잘 제본해 주시오. 그 연애책을 말이오. 잘 해야 하오. 그런데 여보, 그녀에게 다른 강의는 하지 마시오. 아시겠소? 바프티스타님한테서보다도 훨씬 더 많은 사례를 내가 해드리리다. (목록을 돌려주면서) 자, 이 목록은 도로 넣어 두시오. 그리고 책에는 향수를 잔뜩 뿌려 놓으시오. 그 책을 받을 여자는 이만저만 좋은 향기를 풍기는 것이 아니니까요. 그래 뭣을 읽어 주기로 했소?

루센쇼 내가 그녀에게 뭣을 읽어 주더라도 내 후원자이신 댁을 위해서 변명하리다. 그러니 안심하십시오. 댁 자신이 그 자리에 계신 거나 마찬가지로, 아니 그 이상으로 교묘하게 전하리다. 댁이 학자는 아니시니까요.

그레미오 오 학문, 기가 막혀.

그루미오 오 바보 새 같으니, 기가 막혀.

호텐쇼 그루미오, 쉬! (앞으로 나오면서) 안녕하십니까, 그레미오님!

그레미오 아 잘 만났소, 호텐쇼님. 지금 내가 어디를 가는 중인 줄 아시오? 물론 바프티스타 미놀라님 댁에 가는 중이지오. 아름다운 비안카의 가정교사를 물색해 주겠다고 약속을 해놨는데, 마침 요행히 이 청년을 만나게 됐지요. 학식이나 품행이 그 처녀에겐 십상일 것 같고, 시는 물론 그 밖의 좋은 책들을 많이 읽으신 분입니다.

호텐쇼 그거 참 잘되었군요. 그런데 나도 어떤 신사를 만났는데, 우리의 그 처녀에게 음악을 교수할 훌륭한 가정교사를 추천해 주겠다더군요. 그러니까 사랑하는 저 아름다운 비안카를 위해서는 나도 조금도 소홀히 하지는 않을 생각입니다.

그레미오 사랑하는 비안카란 그 말은 우리 행동으로 증명합시다.

그루미오 (방백) 그건 돈지갑이 증명할 문제지.

호텐쇼 여보, 그레미오님. 지금 우리가 사랑을 다투고 있을 때는 아닌 것 같소. 자, 내 말씀 들어 보시오. 당신이 솔직히 말씀해 주신다면, 나도 피차에 해롭지 않을 얘기가 좀 있소. 여기 이분은 우연히 만난 분인데, 우리가 이분 요구에만 응해 주면 그 말괄량이 캐터리너한테 구혼하시겠답니다. 그리고 지참금의 액수에 따라서는 결혼까지도 하시겠답니다.

그레미오 그렇게 말씀하셨습니까? 그렇게 하시겠답니까? 좋습니다. 그런데 호텐쇼님, 그 여자의 결점은 말씀드렸습니까?

페트루치오 잘 알고 있습니다. 아주 진절머리가 나는 바가지쟁이라는걸. 그까짓 것이라면 난 조금도 상관 없습니다.

그레미오 아, 그러십니까? 대체 고향은 어디십니까?

페트루치오 베로나입니다. 아버지 성함은 앤토니오인데

돌아가셨습니다. 유산은 있으니까, 오래오래 살고 싶습니다.

그레미오　아, 그런 신분에다 그런 아내는 참 걸작이시겠습니다. 그래도 입맛이 당긴다면 어쩔 수 없는 노릇이죠. 내가 성의껏 도와드리죠. 헌데 정말 그 삵괭이한테 구혼하시겠습니까?

페트루치오　아무렴요.

그루미오　구혼하시고말고, 않으신다면 제가 그 삵괭일 교살할랍니다.

페트루치오　그럴 생각이 없다면 뭣하러 여기까지 왔겠소? 사소한 소리에 내 귀가 겁낼 줄 아시오? 나는 사자의 으르렁대는 소리도 들어 본 사람이오. 성이 나서 진땀 빼는 곰같이, 바람에 들끓는 파도 소리도 들어 본 이 사람이오. 대지를 뒤흔드는 대포 소리, 하늘을 울려대는 천둥 소리는 안 들어 본 줄 아십니까? 난투하는 전쟁터에서 병사들의 아우성이며 준마의 울음 소리며 나팔 소리도 들어 본 이 사람이오. 여편네의 혓바닥쯤은 아무렇지도 않습니다. 그까짓 것은 농부네 화로에서 터지는 군밤 소리의 절반만큼도 못합니다. 쳇, 쳇, 아이들이나 도깨비를 무서워하지요.

그루미오　우리 주인양반은 원래 무서운 것이 없으시답니다.

그레미오 아 호텐쇼님, 이분은 참 잘 오셨습니다. 이분은 자신을 위해서뿐 아니라, 우리 두 사람을 위해서 잘 오셨지요. 안 그런가요?

호텐쇼 그래서 이렇게 약속했습니다. 이분의 구혼에 필요한 비용은 얼마가 들든 모두 우리가 부담하기로요.

그레미오 좋소, 그 여자를 꼭 넘어뜨린다는 조건으로.

그루미오 그럼 잔치도 확실히 벌어지게 되겠군.

트래니오가 주인 루센쇼로 변장하고 좋은 옷을 입고 등장, 하인 비온델로를 데리고 있다.

트래니오 여러분, 안녕하십니까. 실례지만, 바프티스타 미놀라님 댁에 가려면 어느 길이 가장 지름길인지 좀 가르쳐 주시겠습니까?

비온델로 예쁜 자매를 가지신 분 말입니다. 그렇습죠? 주인나리?

트래니오 음 그렇다, 비온델로.

그레미오 그럼 저댁에서도 그 여자를?

트래니오 글쎄, 아버지와 딸, 양쪽에 다 볼일이 있습니다. 그런데 혹시 댁에서도 무슨 관계가?

페트루치오 제발 그 말괄량이 쪽은 아니기를.

트래니오 난 원래 말괄량이는 싫어하는 사람이오. 자비

온델로, 가보자.

루센쇼 (방백) 제법인데, 트래니오.

호텐쇼 여보, 잠깐 한 마디만. 지금 말씀하신 처녀한테 구혼하실 생각이십니까? 가부를 말씀해 주시오.

트래니오 그렇다고 대답하면, 무슨 실례라도?

그레미오 천만에요, 더이상 아무 말씀 없이 물러가 주신다면.

트래니오 아니 여보, 여긴 한길이 아니오? 그래, 당신이 독점했단 말이오?

그레미오 아무튼 그 처녀에 관한 한은 안 되오.

트래니오 왜요? 이유 좀 들어 봅시다.

그레미오 정 그러시다면 말씀해 드리죠. 글쎄, 그 여잔 나 그레미오 나리가 연모하고 있으니까요.

호텐쇼 나 호텐쇼 나리도 그 여자를 사모하고 있어.

트래니오 조용히들 하십시오. 당신들도 신사라면 내 말 좀 들어 보셔야 할 것 아닙니까? 바프티스타님은 점잖은 신사분이고 우리 아버지와는 모르는 사이가 아니오. 헌데 그분 따님이 그렇게 미인이라면 구혼자는 얼마든지 나서도 상관 없을 것이며, 나도 그 중 한 사람이 될 수 있을 것 아니겠소. 레다의 딸 헬렌에게는 천 명의 구혼자가 있었다잖습니까. 그렇다면 아름다운 비안카에게 구혼자가 한 명쯤 불어나도 상관 없는 일 아니겠소. 사실 그렇게 될 것입니다. 이 루센쇼가 그 한 사람이 되어 줄 테니까요. 설사 파리스가 이 자리에 나타나서 독점을 하겠대도 말입니다.

그레미오 허 참, 이분네는 입심도 좋구먼!

루센쇼 가만 놔 두구려. 머잖아 정체를 드러내고 말 테니까.

페트루치오 호텐쇼, 대체 뭣 때문에 그렇게 떠드는 거요?

호텐쇼 그런데 실례의 말씀이지만, ……여보, 그래 당신은 바프티스타님네 따님을 만나보셨소?

트래니오 아직. 듣자니 자매가 있다는데, 한쪽은 사납기로 유명하고, 또 한쪽은 아주 미인이고 얌전하다던데요?

페트루치오 그렇소, 첫번째 것은 내것이니까, 손을 대지 마시오.

그레미오 좋소, 그 큰 사업은 허큘리즈 장사(壯士)한테 맡겨두겠는데, 그건 저 열두 가지 어려운 일보다 더 힘들 것이오.

페트루치오 꼭 이것만은 알아두시오. 당신이 소원하는 그 작은딸 말인데, 아버지가 구혼자들을 조금도 얼씬대지 못하게 한답니다. 큰딸을 치울 때까지는 누구에게도 주지 않겠다는 거요. 큰딸을 치우고 난 뒤에는 작은딸도 자유롭게 되겠지만, 지금 형편으로는 도저히.

트래니오 그렇다면 당신은 우리에게, 아니 특히 내게 중요한 분이라 하겠소. 우선 돌파구를 찾아내서 언니 쪽을 입수한 다음, 동생 쪽을 우리에게 자유롭게 풀어놓아 주시면 누구 손 안에 복이 떨어지든, 설마 우리는 배은망덕할 사람들은 아니외다.

호텐쇼 그 말씀 잘하셨소. 참 좋은 생각을 하셨습니다. 당신도 구혼자로 나선 이상 그러셔야죠. 우리처럼 이 분에게 보답을 드려야죠. 다같이 저분의 혜택을 입은 사람들이니까요.

트래니오 물론 은혜를 잊을 이 사람은 아닙니다. 그 증거로 우리 오늘 오후에, 애인의 건강을 축복하는 의미에서 잔치를 열고 건배를 올립시다. 싸울 때는 당당하게 싸우더라도 지금은 친구로서 먹고 마시기로 합시다.

그루미오·비온델로 이거 참 굉장한 제안인걸. 이제 그만 가 봅시다.

호텐쇼 물론 참 좋은 제안이오, 그렇게 합시다. 여보게 페트루치오, 자네 일은 모두 내게 맡겨두게.

제 2 막

제 1 장

바프티스타 집의 한 방

매를 든 캐터리너가 비안카에게 달려든다. 비안카는 두 손이 묶인 채 벽 쪽에 웅크리고 있다.

비안카 언니, 제발 날 이렇게 모욕하지 말아요. 이러면 언니는 자신을 모욕하는 셈이에요. 노예같이 이렇게 날 묶어 놓다뇨. 정말 너무해요. 내 손만 풀어 주면 지니고 있는 싸구려 물건들은 내가 내 손으로 떼어 버릴 거예요. 아니, 입고 있는 옷도, 속치마까지도, 언니 하란 대로 할게요. 나도 손윗사람에게 해야 할 의무쯤은 잘 알고 있어요.

캐터리너 그럼 말해 봐. 네 구혼자들 중에 누굴 가장 좋아하니? 거짓말하면 없어!

비안카 언니, 정말로 모든 남자들 중에서 내가 반할 남자는 아직 한 분도 만나지 못했어요.

캐터리너 요 계집애가, 거짓말 마라. 호텐쇼를 좋아하지?

비안카 언니두. 언니가 그분께 맘이 있다면, 지금 맹세하지만, 언닐 위해서 주선해줄 테니 그분과 결혼하세요.

캐터리너 아, 그럼 넌 부자가 더 맘에 있는가 보구나. 그래 그레미오에게 시집가서 호화판으로 살아 볼 속셈이구나.

비안카 그럼 그분 때문에 날 이렇게 곯려주는가요? 아냐, 언닌 장난일 거야. 이젠 나도 알았지만 언닌 아까부터 죽 날 놀리고 있는 거야. 언니, 제발 내 손 좀 풀어 줘요.

캐터리너 (비안카를 때리면서) 그럼 이렇게 때리는 것도 장난이게.

아버지 바프티스타 등장

바프티스타 이게 웬일이냐, 별일을 다 보겠구나. 비안카야, 이리 오너라. 가엾게 울고 있구나. (손을 풀어 주면서) 들어가서 바느질이나 하고, 네 언니를 상대하지 말아라. (큰딸에게) 얘 염치도 없냐, 악마 같은 것아. 가만 있는 애를 왜 그렇게 못살게 구냐? 그애가 그래 네게 무슨 나쁜 말이라도 했단 말이냐?

캐터리너 아무 말도 하지 않으니까 더 부아가 나요. 널 내가 가만둘 줄 아냐? (비안카에게 달려든다)

바프티스타 (붙들면서) 아니, 내 앞에서까지? 얘 비안카야, 넌 안으로 들어가거라.

캐터리너 아버지까지 저앨 두둔하세요? 좋아요, 알았어

요. 저앤 아버지의 보물이니까. 신랑을 얻어주고 마시겠다는 거군요. 저애 결혼식날에 난 노처녀답게 원숭이들이나 끌고 지옥으로 가겠어요. 인제 말도 하기 싫어요. 혼자 가서 울고 있을 테야요, 이 분이 풀릴 때까지.

바프티스타 의젓한 신분에 내 이 무슨 팔자냐? 아니, 누가 오나?

그레미오, 교사로 변장한 루센쇼, 페트루치오, 음악 교사 리치오로 변장한 호텐쇼, 루센쇼로 가장한 트래니오, 류트와 책을 든 비온델로 등장

그레미오 안녕하십니까, 바프티스타님.

바프티스타 아 안녕하십니까, 그레미오님. (인사를 한다) 아, 여러분 잘 오셨습니다.

페트루치오 아, 안녕하십니까. 헌데 저 예쁘고 얌전한 따님이 있으시다죠?

바프티스타 예, 캐터리너라 합니다.

그레미오 (바프티스타에게) 거 너무 퉁명스럽잖소, 좀더 점잖게 얘기하오.

페트루치오 그레미오, 참견 말고 날 가만 놔두오. 난 베로나에 사는 신사입니다만, 듣자니 미인에다 재주 있는 따님이 있으시다죠? 게다가 상냥하고 수줍고 얌전

하다죠? (바프티스타는 당황한다) 경탄할 맘씨며, 온순한 거동이며, 귀익은 그 소문의 진위(眞僞)를 이 눈으로 확인하고 싶어서 이렇게 실례를 무릅쓰고 댁을 찾아왔소이다. 헌데 초면인사 대신에 이분을 소개하겠습니다. 이름은 리치오라고 하는데, 맨튜어 출신이랍니다.

바프티스타 아, 잘 오셨소. 그리고 댁의 호의라면 이분도 잘 오셨소. 하지만 딸애 캐터리너로 말하자면, 사실이지 댁에서도 당해내지 못하실 겁니다. 그게 이 아비의 한(恨)이외다.

페트루치오 그럼 따님을 결혼시키기 싫으시단 말씀입니까?

바프티스타 오해는 마시오. 나는 사실대로 말한 것이오. 헌데 어디서 오셨소? 성함은 뉘시지요?

페트루치오 내 이름은 페트루치오, 앤토니오의 아들입니다. 저의 아버지는 이탈리아 천지에서 모르는 사람이 없습니다.

바프티스타 나도 그분을 잘 압니다. 어르신네를 봐서라도 댁을 환영하겠습니다.

그레미오 여보 페트루치오, 당신은 그만 지껄이고 이 가엾은 청원자들에게도 말할 기회를 좀 주오. 이제 그만 교대합시다! 당신은 굉장한 수다쟁이군 그래.

페트루치오 아 그레미오, 미안하오. 실은 난 쇠뿔도 단김에 빼자는 속셈이었지요.

그레미오 그야 그럴 테지요. 허나 지금의 구혼을 나중에 후회하게 될 거요. (바프티스타에게) 바프티스타님, 저 분의 추천은 틀림없이 대단히 고마운 선물이 될 것 같습니다. 헌데 나로 말하면 평소에 댁의 신세를 누구보다 많이 지고 있는 처지니까, 나도 같은 성의를 충심으로 보여 드리겠습니다. (루센쇼를 내세우면서) 이 젊은 선생님은 프랑스에서 오랫동안 공부하신 분인데, 저분이 음악과 수학에 능통하듯이 이분은 그리스어, 라틴어, 그 밖의 외국어에 능하십니다. 이름은 캠비오라고 하는데, 자 부디 채용해 주십시오.

바프티스타 뭐라고 감사해야 좋을지요, 그레미오님. 잘 오셨습니다, 그리고 캠비오님도……. (트래니오를 보고) 헌데 댁하군 초면인 듯한데, 실례지만 오신 용건을 좀 말씀해 주시겠습니까?

트래니오 인사가 늦어서 미안합니다. 이 도시에는 처음입니다만, 댁의 저 아름답고 얌전한 따님 비안카한테 구혼을 하러 온 사람입니다. 큰따님을 먼저 출가시키겠다는 댁의 굳은 결심을 저도 모르는 바는 아닙니다. 헌데 제가 청하고 싶은 것은, 먼저 제 가문을 밝히게 해주신 다음 구혼자들 중의 한 사람으로서 대우하여 자유스런 접근과 호의를 허락해 주십사 하는 것입니다. 그래서 우선 따님의 교육을 위하여 이렇게 하찮은 악기를 가지고 왔습니다. 또 그리스어와 라틴어 책도 몇 권 가지고 왔습니다. 받아 주신다면, (비온델로가 앞으로 나와서 류트와 서적을 내민다) 그만한 값어치가 있는 물건들입니다.

바프티스타 루센쇼님이라 하셨죠. 그래 고향은 어디시오?

트래니오 피사입니다. 아버님 성함은 빈센쇼올시다.

바프티스타 피사의 거족이시군요. 소문으로는 잘 알고 있습니다. 참 잘 오셨소이다. (호텐쇼를 보고) 그럼 당신은 류트를 들고, (루센쇼를 보고) 당신은 책을 들고, 자 딸애한테 가보시오……. 여봐라, 안에 누구 없느냐! (하인 등장) 얘, 이 두 분네를 아가씨들 있는 곳으로 안내해 드리고, 가정교사님들이니까 실례가 없도록 하라고 전해라. (호텐쇼, 루센쇼, 하인 퇴장) 정원에 나가 산보나 좀 하실까요. 그 뒤에 식사를 합시다. 다 잘 오셨습니다. 그리고 제발 너무 서두르지는 마십시오.

페트루치오 바프티스타님, 나는 바쁜 몸이라 놔서 날마다 구혼하러 올 수는 없습니다. 댁에서 우리 아버님을 잘 아신다니까, 그러시다면 내가 어떤 인물인지도 짐작이

가실 것입니다. 토지고 재산이고 죄다 상속받았습니다. 내 대에 와서 형편은 더 나아졌습니다. 헌데 댁의 말씀을 좀 들어 봐야겠는데. 내가 따님의 사랑을 얻게 되는 경우엔 지참금은 얼마쯤 주실 생각이십니까?

바프티스타 내가 죽으면 토지는 반을, 그리고 재산은 이만 크라운을 나눠 줄 생각이오.

페트루치오 그만한 지참금이라면 따님이 과부가 되는 경우엔, 즉 내가 먼저 죽는 경우엔 내 토지며 모든 계약권을 모두 따님에게 양도하겠습니다. 자, 그럼 세목을 작성하여 피차 계약을 이행할 수 있게 해둡시다.

바프티스타 좋소. 단 첫째 조건은 당사자의 사랑을 얻는 일이오. 문제의 핵심은 오직 거기에 있습니다.

페트루치오 그까짓 것 문제 없습니다. 장인님, 따님이 아무리 고집이 세더라도 내 성미는 못 당해냅니다. 타오르는 불이 둘이 만나면 순식간에 다 타버리고 재만 남는 법입니다. 그리고 작은 불은 작은 바람엔 더 잘 타지만, 굉장한 질풍에는 꺼져버리고 맙니다. 제가 그 질풍이라면 따님은 작은 불이죠. 나한테는 못 당합니다. 난 원체 우악스러워 놔서 애송이 같은 구애는 하지 않습니다.

바프티스타 잘 설득해서, 부디 성공하시오! 허나 각오만은 해두시오. 혹시 욕을 볼는지도 모르니까요.

페트루치오 물론 각오는 되어 있습니다. 태산에 바람이랄까요. 끄떡 없습니다, 연거푸 불어오더라도요.

호텐쇼가 얼굴이 창백해 가지고 되돌아온다. 호텐쇼는 머리에 상처를 입고 있다.

바프티스타 아니 웬일이오, 그렇게 창백한 얼굴을 하시고?

호텐쇼 내 얼굴이 창백하다면, 그건 정말 공포 때문입니다.

바프티스타 그건 그렇고, 어떠십니까. 딸애는 음악에 소질이 있는 것 같습니까?

호텐쇼 차라리 군인 일에 소질이 있을 것 같은데요. 쇠붙이라면 따님 손에 알맞을지 몰라도, 류트는 도저히.

바프티스타 그럼 그애 마음을 도저히 류트에 처넣진 못하시겠다는 말씀이십니까?

호텐쇼 처넣다니요. 오히려 따님이 류트를 내 머리빡에 처넣었답니다. 글쎄 손가락을 잘못 짚기에 손목을 붙들고 가르쳐 주려고밖에 안했는데, 그 순간 악마같이 성을 내며 '잘못 짚는다고? 그건 내가 가르쳐 주지' 하고는 대뜸 악기로 내 머리를 딱 때리니 내 머리빡은 악기를 뚫고, 난 한참 멍하니 서 있었는데, 류트를 목에 찬 꼴은 마치 칼에 채인 죄수 꼴이었지요. 그동

안 따님은 날 엉터리 악사니 코맹맹이니 놈팡이니 하고 갖은 욕설을 미리 준비라도 해둔 것처럼 냅다 퍼부었답니다.

페트루치오 아이고, 정말 씩씩한 아가씨로구먼. 이제 열 배나 더 귀여워졌어. 아, 어서 같이 얘기 좀 해보고 싶구먼.

바프티스타 (호텐쇼를 보고) 자, 나와 같이 들어가 봅시다. 그렇게 비관하진 마시오. 이제 작은딸을 좀 부탁합니다. 그앤 공부할 의향도 있을 뿐 아니라 수고에 대해서는 보답할 줄도 압니다. 자, 페트루치오님, 당신도 같이 들어가 보실까요? 아니면 큰딸애를 이리 보내 드릴까요?

페트루치오 이리 보내 주십시오, 여기서 기다리겠습니다. (혼자 남는다) 들어오면 맹렬하게 설득해야지. 욕을 해오면 소쩍새같이 곱게 노래한다고 태연하게 말해 줄 테야. 낯을 찌푸리면 이슬에 젖은 아침 장미같이 맑은 얼굴이라고 말해 줘야지. 입을 다물고 한 마디도 없으면, 그 웅변 참 심금을 울릴 지경이라고 말해 줄 테다. 짐짝을 꾸리라고 하면 오히려 더 머물러 있으라고나 한 것처럼 고맙다고 해줘야지. 결혼을 거절하면 교회에다 결혼 예고는 언제 하겠는가, 결혼식은 언제 올리겠는가라고 물어 봐야지. 마침내 오는구나. 그럼 당장 말을 걸어 봐야지.

캐터리너 등장

페트루치오 아 케이트 양. 그런 이름이라고 들었는데.

캐터리너 잘도 들으셨네요. 하지만 당신은 좀 귀머거린가 보죠. 남들같이 정식으로 캐터리너라고 불러요.

페트루치오 그건 빨간 거짓말이오. 사람들은 죄다 케이트라고 부르더군. 어떤 땐 억척쟁이 케이트라고 부르고 어떤 땐 말괄량이라고 부르더군. 그렇지만 이봐, 케이트 양, 기독교도 천하에서 일등 미인 케이트 양, 여왕님이 드신 케이트 관(館)의 케이트 양, 과자같이 먹고 싶은 케이트 양, 내 말 좀 들어 봐요. 내 맘의 위안이 되는 케이트 양. 당신은 상냥하다고 곳곳마다 칭찬이 자자하고, 얌전하고 예쁘다고 소문이 세상에 퍼져 있소. 그러나 그 소문도 실물에 비하면 문제가 되지 않을 정도라나요? 그 말을 듣고 나는 당신을 아내로 맞으려고 이렇게 움직여서 찾아왔지요.

캐터리너 움직여서라고요! 흥! 그렇다면 그렇게 움직여서 온 발로 도로 돌아가 주실까요. 얼핏 보고 알았지만 당신은 참 움직이기 쉬운 양반이니까요.

페트루치오 아니, 움직이기 쉬운 양반이라고?

캐터리너 접었다폈다 할 수 있는 걸상같이 말예요.

페트루치오 그 말 참 잘했소. 그럼 이리 와서 걸터타시오.

캐터리너 당나귀에나 걸터타는 법이에요. 당신이 바로 그건가요?

페트루치오 여자에나 걸터타는 법이오. 당신이 바로 그거야.

캐터리너 그렇다 치더라도 난 당신같이 금방 지쳐빠지진 않아요.

페트루치오 아이고 착한 케이트 양! 나도 당신을 그렇게 지독하게는 걸터타지 않을 테요. 글쎄 당신은 젊고 가벼우니까.

캐터리너 하긴 당신 같은 시골뜨기가 걸터타기엔 너무나 가볍고말고요. 이래봬도 어지간히 무게는 있는 여자예요.

페트루치오 무게가 있다구요, 무게가……. 허허.

캐터리너 그럼 잡아 봐요, 바보같이.

페트루치오 아이고, 느림보 산비둘기 같은 것 좀 보게! 바보같이, 잡아 보라고요?

캐터리너 날 비둘기 같다고요? 오히려 그놈이 바보를 잡을걸요.

페트루치오 아이고 말벌같이, 지독하게 성이 났구먼.

캐터리너 말벌이라면 침이 있으니 조심해요.

페트루치오 내겐 그 침을 뽑는 수단이 있어.

캐터리너 흥, 그 침이 어디 있는 줄도 모르는 주제에.

페트루치오 그걸 다 모르는 사람이 어디 있어? 아래에 있지.

캐터리너 미안하지만 혀에 있는걸.

페트루치오 누구 혀에?

캐터리너 당신의 혀에 있지 어디에 있어요. 아까부터 남의 말꼬리만 물고 늘어지고 있구먼. 제발 썩 꺼져버려요.

페트루치오 아니! 내 혀를 당신 아래에다? 안 될 말. 이리 와요 착한 케이트, 난 진짜 신사니까.

캐터리너 그럼 맛 좀 봐야 알겠소. (페트루치오의 뺨을 친다)

페트루치오 한 대 더 때려 주시오, 다음엔 내가 때려 줄 테니.

캐터리너 그래 팔이 들먹들먹하는가 보지. 나만 때려 봐요, 당신은 신사가 아닐 테니. 신사가 아니라면 가문인들 있으려고.

페트루치오 아, 우리 가문 말인가요, 케이트? 아, 그렇다면 내 가문도 당신 장부에다 기입해 주시오.

캐터리너 그건 어떻게 생겼지요? 볏 모양의 광대 모자같이 생겼나요?

페트루치오 당신은 볏 없는 닭, 글쎄 내 암탉이 될 것이오.

캐터리너 그럼 당신은 수탉이게? 겁쟁이 수탉같이 빽빽 소리만 지르면서.

페트루치오 아냐 케이트, 정말 그렇게 신 얼굴을 하지 말아요.

캐터리너 신 능금을 보면 난 언제나 이래요.

페트루치오 아니, 신 능금이 어디 있어? 그러니 그런 신 얼굴은 하지 말아요.

캐터리너 있어요, 있어.

페트루치오 그럼 어디 좀 봐요.

캐터리너 거울만 있으면 보여 드리죠.

페트루치오 아니, 그럼 내 얼굴이 그렇단 말인가요?

캐터리너 잘 맞히는군요, 젊으시니까.

페트루치오 그야 정말이지, 난 젊고말고.

캐터리너 금방 시들고 말 것이. (손으로 상대방의 이마를 민다)

페트루치오 (여자 손에 키스하면서) 이제 됐소.

캐터리너 (겨우 빠져나와서) 뭐가 됐단 말이에요.

페트루치오 이봐, 케이트. 정말 그렇게 달아나지 말아요. (다시 붙든다)

캐터리너 이러시면 가만 안 있을 테에요. 썩 놔요. (빠져나오려고 몸부림을 친다)

페트루치오 못 놓겠어. 인제 보니 당신은 참 상냥하구먼.

소문엔 억척스럽고 퉁명스럽다는데 그건 새빨간 거짓 말이고, 알고 보니 쾌활하고 명랑하고 대단히 체모 있고 게다가 말씨는 얌전하고……. 더구나 봄철의 꽃과 같이 예쁘잖은가. 불쾌한 얼굴을 할 줄 모르고, 곁눈으로 남을 멸시하지도 않고, 화난 계집애처럼 입술을 깨물지도 않고, 남의 애길 가로막고 쾌감을 느끼는 그런 여자도 아니란 말이야. 당신은 그러기는커녕 도리어 상냥한 태도와 보드랍고 얌전한 말씨로 구혼자들을 대접하지 않는가. (여자를 놓아 주면서) 세상 사람들은 케이트를 왜 절름발이라고들 할까? 아이고 남의 욕이나 하기 좋아하는 세상 좀 보게! 케이트는 개암나무 가지같이 쪽 곧고 날씬하지 않은가. 그리고 살결은 개암나무 열매같이 윤이 잘잘 흐르고, 맛도 그 속같이 싱싱하지 않은가. 어디 좀 걸어 보시오. 케이트가 절룩거리다니, 당치 않은 소리지.

캐터리너 바보같이 그러지 말고, 명령을 하고 싶으면 당신네 집에 가서 해요.

페트루치오 아, 당신의 여왕 같은 걸음걸이, 방안이 환합니다. 월신(月神) 다이아나도 숲을 이렇게까지 빛나게 하지는 못했을 것 아니오. 오, 당신이 다이아나가 되고, 다이아나보고는 케이트가 되라죠. 그리고 케이트는 순결한 여자가 되고, 다이아나보고나 놀아나라죠.

캐터리너 그런 능청을 어디서 다 배워 왔어요.

페트루치오 하나의 즉흥이오. 우리 어머니한테서 타고난 재주요.

캐터리너 알뜰한 어머니시구먼. 하마터면 바보 아드님을 낳을 뻔하셨구만.

페트루치오 그래 날 바보라고 생각하시오?

캐터리너 그래요, 그러니까 배띠 속에 넣어 따뜻하게 잘 간수나 하시지.

페트루치오 그러니까 내가 당신을 이불 속에다 따뜻하게 잘 간수나 하겠다는 거요. 그러니까 허튼 소릴랑은 아예 집어치우고 솔직히 얘기하겠소. 당신 아버지도 승낙했지만 당신은 내 아내가 되야 하오. 지참금의 액수도 합의를 봤소. 당신이 싫건 좋건 난 당신과 결혼하겠소. 자 케이트, 난 이제 당신 남편이오. 내가 당신의 미모를 비쳐 보이는 저 해에 두고, 당신의 그 미모가 날 녹이고 있습니다만, 아무튼 당신은 나 이외의 남자와 결혼해서는 안 되오. 난 길들이기 위해서 태어난 사람이오. 삵괭이 케이트를 집괭이 모양으로 온순한 케이트로 길들이는 것이 내 임무요.

바프티스타, 그레미오, 트래니오 세 사람이 들어온다.

페트루치오 마침 아버지께서 오시는구려. 마다하지는 마시오. 난 캐터리너를 기어이 아내로 맞아야만 하겠으니까.

바프티스타 아 페트루치오, 그래 딸애와는 어느 정도 얘기가 진척됐소?

페트루치오 어느 정도냐고요? 그거야 뻔한 일 아니겠습니까? 내가 실패한다는 건 있을 수 없으니까요.

바프티스타 아니 우리 아가, 네가 왜 이렇게 새침해져 있니?

캐터리너 우리 아가라고요? 그럼 말하자면 우리 아버진 참 친절하게 아버지 구실을 하셨군요. 이런 반미치광이한테 시집보내려고 하시다니. 무지한 왈패, 험구쟁이, 욕담이면 단 줄 아는 그런 사내자식인 줄도 모르시고.

페트루치오 장인님, 실은 이렇습니다. 장인님 자신이나 온 세상은 캐터리너에 대하여 전혀 엉뚱한 소문을 퍼뜨려 놨군요. 설사 따님이 고집쟁이라 치더라도 그건 하나의 정책이오. 실은 고집쟁이가 아니라 비둘기같이 온순하고, 성미가 급하기는커녕 아침같이 상쾌한 따님입니다. 게다가 참을성 많기론 저 유명한 양처(良妻) 그리셀에도 못지않을 것이며, 정조 관념은 저 로마의 열녀 루크리스보다 못하지 않을 것입니다. 그런데 결국 저희 두 사람은 이렇게 합의를 봤습니다. 일요일에 결혼식을 올리기로요.

캐터리너 그 일요일에 전 우선 당신이 교수대에서 처형당하는 거나 보고 말겠어요.

그레미오 들었소, 페트루치오? 우선 당신이 교수당하는 거나 보고 말겠다지 않소.

트래니오 이게 당신의 성공이란 말이오? 이래서야 우리가 할당금을 어떻게 내겠소.

페트루치오 여러분 조용히. 난 이 여자를 택했소이다. 당사자들이 만족한다면 여러분은 왈가왈부할 것 없잖소? 지금 우리 두 사람은 이런 약속을 했소. 남들 앞에서는 여전히 말괄량이인 체하기로요. 사실이지 케이트가 날 무척 사랑하고 있다고 말하면 거짓말 같을 것입니다. 오, 상냥한 케이트! 내 목에 매달려서 키스에 키스를 퍼부으며 점점 굳은 맹세를 연발하고, 마침내 어느 틈에 날 녹여 놓고 말았답니다. 아, 당신네는 풋나기들이오! 당신네는 세상을 모르니까. 그렇지만 내외끼리만 있을 때엔 아무리 병신 같은 사내도 지독한 고집쟁이 아내를 손쉽게 녹여 놓고 마는 법이오. (느닷없이 캐터리너의 손목을 잡으면서) 자 케이트, 우리 악수해요. 그럼 난 베니스로 돌아가서 결혼식날 입을 옷을 마련하겠소. 장인님은 피로연 준비를 해주십시오. 그리고 손님들도 청해 주십시오. 내 장담하지만 케이트는 멋진 신부가 될 것입니다.

바프티스타 글쎄 뭐라구 말해야 좋을지……. 아무튼 손을 이리 주오. 신의 축복을 받으시오! 이건 약혼 축하 말이오.

그레미오·트래니오 아멘 합시다. 그리고 우리가 증인이 됩시다.

페트루치오 장인님, 내 아내, 그리고 여러분들 안녕히 계십시오. 베니스에 가봐야겠소. 일요일은 눈앞에 다가오고 있잖습니까. 가서 반지니, 의복이니, 필요한 물건들을 마련해야겠습니다. 이봐 케이트, 키스 안해 주겠어? 우리, 일요일에 결혼합시다.

캐터리너를 안고 키스를 한다. 캐터리너는 골이 나서 떼밀어 내고 달아난다. 페트루치오도 방을 나간다.

그레미오 이렇게 갑작스런 약혼도 있을까요?

바프티스타 여러분, 난 지금 무역상의 그것같이 엎치느냐, 뒤치느냐 운명에 걸어 보겠소.

트래니오 딴은 간수해 보았자 썩고 말 물건이라면 팔아서 덕을 보든지, 아니면 최악의 경우라도 바다 속에 사라

질 뿐 아니겠소.

바프티스타 덕은 무슨 덕을. 그저 가만히 가져가 주기만 이 소원이오.

그레미오 분명히 그 작자가 아주 끽 소리도 못하게 해놨는가 보죠? 그런데 바프티스타님, 작은따님 말입니다만, 인제 우리가 고대하는 날은 온 셈입니다. 나로 말하면 이웃인데다가 최초의 구혼자입니다.

트래니오 나로 말하더라도 말로는 표현할 수 없을 정도로, 아니 도저히 상상도 못할 만큼 비안카를 사모하고 있습니다.

그레미오 여보, 당신 같은 젊은이의 사모 같은 건 도저히 나와는 비할 바가 못 되오.

트래니오 당신 같은 반백 노인의 애정은 얼음이지 뭐요.

그레미오 당신 같은 애정은 팔랑개비란 말야. 깡총대지 말고 물러가 있어, 그 나이엔 여자한테 먹히기나 할 테니.

트래니오 하지만 당신 같은 나이라면 여자들이 먹을 생각도 않을걸요.

바프티스타 자 조용히들. 이 자리는 내가 맡겠소. 어쨌든 승부를 지어야 할 것 아니오. 그러니까 두 분중에 어느 분이 내 딸에게 유산을 더 많이 줄 수 있을 것인지, 이것으로 비안카를 누구에게 드릴지 결정하겠소. 그럼 그레미오님, 당신은 내 딸에게 무엇을 줄 수 있겠습니까?

그레미오 첫째, 댁에서도 아시다시피, 시내에 있는 내 집에는 접시며, 금패물이며, 따님이 그 예쁘장한 손을 씻을 대야며, 물병들이 가득 쌓여 있소. 드릴 천들은 죄다 타이야 산(産)의 천들이고, 상아 궤짝에는 금화가 가득 들어 있습니다. 그리고 삼나무 옷장에는 아리스 천의 벽 포장이며, 값진 의복이며, 천막, 천개(天蓋), 좋은 린넬, 진주를 박은 터키 방석이며, 금실로 수놓은 베니스 산의 능직(綾織)이 가득 차 있지요. 백연 그릇, 놋그릇 등 이 밖에도 필요한 모든 가재 도구들이 갖추어져 있습니다. 그리고 농장에는 젖소 백 마리가 우리 안에서 놀고 있고, 우리 안에는 살찐 황소가 예순 마리나 있습니다. 이 밖에 뭐든 죄다 충분히 갖추어져 있습니다. 난 사실이지 늙었습니다. 그러니까 내일이라도 내가 죽으면 내 재산은 죄다 따님의 것이 됩니다. 물론 내가 살아 있는 동안에 따님이 내 독점이 된다면 말이지요.

트래니오 그까짓 것으로 독점이란 안 될 말! 자, 그럼 내 말도 들어 보십시오. 나는 외아들이고 상속자요. 만약 따님을 제 아내로 주신다면 저 흥성흥성한 피사의 성 안에 있는 좋은 집 네댓 채를 따님에게 주겠습니다. 물론 그 한 채 한 채가 다 패듀어의 그레미오 씨네 집보다는 훌륭한 집들입니다. 게다가 기름진 농토에서 매년 받아들이는 연공(年貢) 이천 크라운도 따님에게 주겠습니다. 어떻소, 그레미오 씨. 이제는 손 들었소?

그레미오 연공 수입이 이천 크라운이라? 내 토지는 죄다 해도 그 액수엔 어림없지만……. (소리를 높이며) 그러나 아무튼 따님에게 주겠소. 게다가 지금 내 상선이 한 척 마르세이유 항구에 정박하고 있소. 어때, 내 상선에는 당신도 할 말이 없지?

트래니오 그레미오님, 다들 아는 일이지만 우리 아버지의 대상선은 세 척 이상이오. 게다가 중상선이 두 척, 소상선이 열두 척이오. 이것들은 물론 그녀의 것이 되오. 다음에 당신이 무엇을 제공할지 모르나, 나는 그 두 배를 약속하겠소.

그레미오 이제 죄다 털어놨으니까 더 할 말은 없어. 내 실력 이상을 줄 수는 없는 일이니까요. 그러나 좋으시다면 내 재산과 더불어 나까지 따님께 주겠습니다.

트래니오 그렇다면 따님은 인제 틀림없이 내것입니다. 그렇게 약속하시잖았습니까! 그레미오님은 경쟁에 진

셈이니까요.

바프티스타 나도 인정하지만 당신의 조건이 훨씬 더 낫소. 이제 그럼 당신 아버지의 승인이 필요합니다. 우리 애를 얻어도 좋다는 승인 말이오. 그렇지 않고는 미안한 말이지만 당신이 아버지보다 먼저 죽는 경우는, 그때는 우리 아이의 유산은 어떻게 되겠습니까?

트래니오 그건 잘 모르시는 말씀. 우리 아버지는 이미 늙고 나는 이렇게 젊지 않습니까?

그레미오 아니, 젊다고 반드시 늦게 죽는다는 법이 어디 있어?

바프티스타 자 그럼 두 분, 이렇게 합시다. 오는 일요일엔 큰딸 캐터리너가 결혼을 하니, 그 다음 일요일엔 비안카를 당신에게 드리겠습니다. 그러나 아까 그 승인을 얻는다는 조건으로 말이오. 그것이 안 된다면, 그레미오님에게 드리겠습니다. 그럼 이만 실례하겠습니다. 두 분 다 감사합니다. (절을 하고 퇴장)

그레미오 안녕히 가시오. 알고 보니 좋은 사람이구먼. 헌데 여보, 젊은 사기꾼, 그래 당신 아버지가 바보같이 아들에게 전재산을 줘버리고 늙어서 뒷방살이나 할 사람인 줄 알아? 체, 어린애 수작 마라. 그래, 이탈리아의 늙은 여우가 자식한테 그렇게 만만한 줄 아나

봐. (퇴장)

트래니오 흥, 그 교활한 늙은 얼굴 가죽을 벗겨 줘야지. 내가 마구 값을 올리는 바람에 무안해지고 말았지! 이것도 오직 우리 도련님을 위해서지. 하지만 이젠 가짜 루센쇼가 아무래도 아버지를, 글쎄, 가짜 아버지를 마련해야 되겠는걸? 참 기묘한 얘기로구나. 보통의 경우 같으면 아비가 자식을 만드는 법인데, 이 경우엔 한 여자를 넘어뜨리기 위해서 자식이 아비를 만들게 되는구나. 물론 내 계획이 실패하지 않는다면 말씀이야.

제 3 막

제 1 장

바프티스타의 집 비안카의 방
비안카와 리치오로 변장하고 류트를 든 호텐쇼가 마주앉아 있고, 좀 떨어진 곳에 캠비오로 변장한 루센쇼가 자기 차례를 기다리고 있다. 호텐쇼는 류트를 가르치는 것을 구실삼아 비안카의 손목을 잡는다.

루센쇼 (안절부절 못하면서) 여보 악사, 좀 삼가시오. 너무 대담하잖소! 그래 벌써 잊었단 말이오, 이분의 언니 캐터리너한테 그만큼 혼나고서도?

호텐쇼 하지만 여보, 사기꾼 같은 현학자, 이분은 미묘한 음악의 애호자요. 그러니 내게 우선권을 주시오. 음악에 한 시간을 사용할 테니, 그 뒤에 당신도 그만큼 강의를 하시오.

루센쇼 앞뒤도 모르는 이 바보 같은 사람 좀 보게. 왜 음악이 생긴 것인지 그 이유도 모를 만큼 공부도 안한 자가! 음악은 사람이 연구를 한 뒤에, 또는 고된 일을 한 뒤에 다시 생기를 얻기 위해서 있는 것 아냐? 그러니 내게 양보하오, 철학 강의를 할 테니까. 다음에 내가 쉬거든, 당신의 그 음악을 하구려.

호텐쇼 (일어서면서) 어쩌구 어째? 그렇게 버릇 없이 굴어 봐, 가만히 안 있을 테니.

비안카 (두 사람 사이에 가로막고 서서) 아, 두 분 선생님, 이러시면 절 이중으로 모욕하는 셈이에요. 뭘 택하든 제 자유가 아니겠어요? 학교 아이들같이 교사의 매는 필요 없어요. 시간표에 얽매여서 꼬박꼬박 시간을 지키는 건 싫어요. 무얼 배우든 제 마음대로가 아니겠어요. 그러니 싸움의 뿌리를 뽑기 위해서, 자 이리들 와서 앉으세요. 선생님은 그동안 악기를 들고 연주나 해보세요. 그럼 저쪽 강의도 끝날 거예요, 조율이 다 될 무렵엔.

호텐쇼 그럼 내가 조율이 다 되면 강의는 그쳐 주겠소?

루센쇼 조율이 그리 쉽나. 아무튼 조율이나 해놓으시오.

비안카 전번엔 어디까지 했는지?

루센쇼 네, 여기까지 했습니다.

Hic ibat Simois, hic est Sigeia tellus,
Hic steterat Priami regia celsa senis.
(여기는 시모이스 강이 흐르고 있다. 여기는 시게이아의 땅, 프리암의 옛 대궐은 여기 있었느니라—오비드의 라틴어 시)

비안카 번역해 주세요.

루센쇼 'Hic ibat' 전에 말한 바와 같이…… 'Simois' 내 이름은 루센쇼…… 'hic est' 아버지는 피사의 빈센쇼 …… 'Sigeia tellus' 당신의 사랑을 얻기 위해 이렇게 변장하고…… 'Hic steterat' 나중에 정식으로 구혼하러 올 루센쇼는…… 'Priami' 내 하인 트래니오로…… 'regia' 나를 가장하고 있지만…… 'celsa senis' 실은 저 영감쟁이 눈을 속이기 위해서요.

호텐쇼 자, 이제 조율이 다 됐습니다.

비안카 그럼 들려 주세요. (호텐쇼, 연주를 해본다) 어머나, 아이 시끄러워!

루센쇼 구멍을 잘 맞춰 가지고, 다시 조율해 보시오. (호텐쇼 물러선다)

비안카 이번엔 제가 번역해 보겠으니 맞는가 보세요…… 'Hic ibat Simois' 전 당신을 몰라요…… 'hic est Sigeia tellus' 전 당신을 믿지 않아요…… 'Hic steterat Priami' 저분께 들리지 않도록 조심하세요 …… 'regia' 우쭐대지 마세요…… 'celsa senis' 그러나 낙담하진 마세요.

호텐쇼 (돌아보면서) 이제 조율이 다 됐습니다.

루센쇼 아직 저음부가 좀.

호텐쇼 저음부는 괜찮아. 시끄럽게 떠드는 자는 저능아란 말이야. (혼잣말로) 저 현학자 녀석이 구애를 하고 있는가 보지. 여, 백과사전, 내가 그래 감시를 않을 줄 아냐? (두 사람 뒤로 살금살금 다가온다)

비안카 나중엔 믿게 될는지 모르지만 지금은 믿지 않겠어요.

루센쇼 믿지 않으시다뇨. (호텐쇼가 있는 것을 눈치채고 큰 소리로) 그 까닭인즉 확실히 이아시디즈는 조부의 이름을 따서 에이잭스라고 불려졌습니다.

비안카 (일어서면서) 그럼 선생님의 말씀을 믿을 수밖에요. 안 믿는다면 아마 언제까지나 의심하고 기묘한 논쟁이나 하고 있어야 할 판이니까요. 그건 그렇고, 자 이제 리치오 선생님……. (호텐쇼를 한쪽으로 데리고 가서) 선생님, 기분 나빠하시진 마세요 네. 이렇게 제가 두 분 선생님께 다 유쾌하게 대한다고 해서 말이에요.

호텐쇼 (뒤돌아보면서) 여보, 당신은 잠깐만 나가 주었으면 좋겠소. 내 교수는 삼부 합주로는 장단이 맞지 않으니까요.

루센쇼 그렇게 격식이 엄밀하단 말이오? 좋소, 기다리겠소……. (혼잣말로) 그러나 잘 감시해야지. 내가 속아 넘어갈까 보냐. 저 멋쟁이 악사녀석이 어쩌려고 저렇게 호색적이 될까. (좀 뒤로 물러선다. 호텐쇼와 비안카 앉는다)

호텐쇼 자, 그럼 악기를 만지기 전에 먼저 손가락 쓰는 법을 가르쳐 드리겠습니다. 그럼 우선 기초부터 시작해야 되겠는데……. 음계 말입니다만, 과거의 어떤 음악 선생보다도 간단한 방법, 즉 즐겁고 요령 있고 효과적인 방법을 가르쳐 드리겠습니다. 자, 이게 그것인데 이렇게 아름답게 씌어 있습니다.

비안카 어머나, 음계는 벌써 다 떼었는걸요.

호텐쇼 하지만 내 음계는 좀 색다르니까 읽어 보세요.

비안카 (읽는다)

'도' 나는 모든 화음의 기초.
'레' 호텐쇼는 정열을 호소하오.
'미' 비안카여, 님을 맞으시오.
'파' 전심 전력 사랑하는 이 사람이오.
'솔 레' 음은 두 개라도 마음은 하나.
'라 미' 동정해 주오, 나는 죽겠소.

이게 다 음계예요? 체! 이런 건 싫어요. 전 옛 것이 좋아요. 전 까다로운 취미가 아니라 놔서, 기묘한 새 유행 때문에 규칙을 바꾸고 싶진 않아요.

하인 등장

하 인 아가씨, 아버님의 분부십니다. 오늘은 공부 그만하시고, 큰아가씨 방을 좀 같이 꾸미시랍는데요. 결혼식은 내일이잖습니까.

비안카 그럼 두 분 선생님, 안녕히 계세요. 전 이만 실례하겠어요. (비안카와 하인 퇴장)

루센쇼 그럼 나도 이만 가 봐야지, 더 있을 이유가 없으니까. (퇴장)

호텐쇼 하지만 난 더 머물러 있다가 저 현학자 녀석의 동정을 살펴봐야겠는걸. 아무래도 저 녀석 눈치가 수상한 것 같애. 반해 있는 모양이야. 하지만 비안카여, 당신이 엉터리 사기꾼한테 일일이 눈이 팔릴 만큼 마음이 싸구려라면 좋소, 생각대로 하구려. 그렇게 들뜬 여자란 것만 판명되면, 이 호텐쇼는 당신과는 손을 끊고 다른 여자를 찾아야지. (퇴장)

제 2 장

광장

바프티스타, 그루미오, 트래니오, 루센쇼, 혼례복을 입은 캐터리너, 비안카, 하인들, 그 밖에 군중들 등장

바프티스타 (트래니오에게) 루센쇼님, 오늘은 캐터리너와 페트루치오의 결혼식날인데, 사위 될 사람이 아직 깜깜 소식이구려. 이거 무슨 창피요. 목사님이 오셔서 식을 올릴 단계에 신랑이 나타나지 않는다면 이거 무슨 웃음거리겠소? 루센쇼님, 우리 집안의 무슨 수치요?

캐터리너 창피를 당하는 건 저만이에요. 마음에도 없는데 억지로 결혼을 강요당했단 말이에요. 그런 반미치광이 녀석, 성미는 급하고, 기분대로 구혼해 놓고 결혼식을 올릴 단계에 와서는 꽁무니를 빼는 녀석한테……. 그러기에 제가 말씀드렸잖아요. 그 녀석은 겉으로는 쾌활한 체 가장하고 있지만, 그 천연덕스러운 태도 속에는 독설을 감추고 있는 미치광이 같은 녀석이란 말이에요. 가는 곳마다 구혼해서 결혼식 날을 받아 놓고, 약혼 피로연을 하고, 손님들을 청하고, 교회에다 결혼 예고도 해놓지만, 정말 결혼할 생각은 눈곱만큼도 없

는 녀석이란 말이에요. 두고보세요. 이제 세상은 이 캐터리너를 손가락질하면서 이렇게 말 할 거예요. '저봐, 미친 페트루치오의 마누라지 뭐야. 제발 그 녀석이 어서 돌아와서 결혼해 줬으면 좋겠지만' 하고 말예요.

트래니오 아 진정하시오, 캐터리너 양. 그리고 바프티스타님, 페트루치오님은 어떤 일로 약속을 못 지키고 있는진 모르지만, 악의가 없는 것만은 내가 보증하겠습니다. 보기엔 무뚝뚝한 것 같지만, 실은 참 총명한 분입니다. 쾌활하면서도 참 착실한 분입니다.

캐터리너 이 캐터리너가 그이를 만나지 않았더라면 좋았을 것을. (울면서 안으로 들어간다. 비안카와 신부의 들러리들도 쫓아들어간다)

바프티스타 안으로 들어가려무나. 네가 그렇게 우는 것도 당연하다. 이런 모욕을 받고서야 성인인들 어디 가만히 있겠느냐? 자유롭게 자란 너고 보니 더욱 참지 못할 게다.

비온델로가 달려들어온다.

비온델로 주인양반, 주인양반, 소식이 있습니다. 아주 굉장히 낡은 새 소식입니다!

바프티스타 소식은 소식인데 낡은 새 소식이라니? 어떻게 그런 일이 다?

비온델로 지금 페트루치오님이 오고 있습니다. 굉장한 소식이 아닙니까?

바프티스타 그럼 다 왔단 말이냐?

비온델로 아니, 아직 멀었습니다.

바프티스타 그럼?

비온델로 지금 오고 있는 중입니다.

바프티스타 그럼 언제 여기 도착하지?

비온델로 그건 제가 이렇게 서서 나리님을 보고 있는 바로 이곳에 그분이 나타나는 바로 그 시각이 되겠습죠.

바프티스타 그런데 네 낡은 새 소식이란 건 뭐냐?

비온델로 건 지금 오고 있는 페트루치오님의 차림새 말입니다만, 새 모자에 헌 가죽 조끼를 입고, 바지는 세 번이나 뒤집어 지은 것이고, 꽁초를 담았던 헌 장화는 한쪽은 조임쇠로 죄어 있고 다른 쪽은 끈으로 묶여 있습니다. 그리고 읍내 무기고에서 뒤져 내온 듯한 녹슨 헌 칼을 차고 있는데 칼자루는 부러지고, 칼집 끝의 쇠덮개는 없으며, 칼끝은 두 갈래가 나고, 엉덩이가 주저앉은 말에 걸터탄 건 좋으나, 낡은 안장은 좀이 먹고, 등자(鐙子)는 천하에 걸작입니다. 그 말로 말하자면 비창증(鼻瘡症)에 걸려 등뼈까지 곪아들고,

위턱은 헐고, 전신은 퉁퉁 붓고, 발뒤꿈치에는 종기가 나고, 관절병 때문에 절룩거리고, 황달병에다 귀 밑까지 부어 있고, 현기증에 형편없고, 기생충이 우글우글하고, 등은 휘청휘청하고, 어깻죽지는 금이 가고, 뒷다리는 딱 붙었습니다. 거기에다가 재갈은 다 끊어져 가고, 양가죽의 굴레는 허청거릴 때마다 잡아당기는 성화에 몇 번이나 끊어져 다시 이었고, 배띠는 여섯 군데나 기운 것이고, 낡은 빌로드로 만든 엉덩이 줄에는 원 주인네 여자 성명의 첫글자가 두 자 장식용 단추같이 뚜렷하고, 그것도 새끼로 몇 군데 이어댄 것입니다.

바프티스타 누구와 같이 오던가?

비온델로 아 예, 마부와 같이 오고 있습니다만, 그 마부란 자도 그 말 같은 꼬락서닙니다. 글쎄 한쪽 다리엔 린넬 양말을 끼고, 다른 쪽 다리에는 거친 모직 바지를 끼고, 빨강과 파랑색 대님을 매고 있습니다. 낡은 모자에는 깃털 대신에 묘한 장식이 마흔 가지나 달려 있습니다. 귀신딱지, 글쎄 의복 입은 귀신딱지랄까요. 도저히 기독교 국의 하인이나 신사의 마부 꼴은 아닙니다.

트래니오 어떤 기묘한 기분에 그런 차림을 한 것이겠죠.

하기야 그분은 가끔 그런 천한 차림을 하고 나타나는 수가 있긴 합니다만.

바프티스타 아무튼 와주니 고맙소, 차림새는 어떻든간에.

비온델로 아닙니다. 아직 오지 않았습니다.

바프티스타 왔다고 지금 네가 말했으면서?

비온델로 누가 말씀입니까? 페트루치오님 말씀입니까?

바프티스타 그야 페트루치오 말이지.

비온델로 아닙니다. 전 그분의 말이 그분을 등에 태우고 온다고 말했을 뿐입니다.

바프티스타 그건 결국 마찬가지 아니냐?

비온델로 그건 그렇지가 않습니다. 십 페니 걸고 내기를 해도 좋습니다만, 말과 사람은 하나가 아닙니다. 하기야 수가 많지는 않습지요.

페트루치오와 그루미오가 몹시 꼴사나운 차림을 하고 떠들면서 등장

페트루치오 어, 양반네들은 어디 계신가? 안에는 아무도 없느냐?

바프티스타 (차갑게) 아, 잘 왔네.

페트루치오 잘 왔으려고요.

바프티스타 아무튼 어서 오게.

트래니오 하지만 내 생각 같아선 좀더 좋은 차림으로 와 주었으면 싶었는데.

페트루치오 아니 이렇게 차린 것이 더 좋지 않습니까? 그런데 케이트는? 내 귀여운 신부는 어디 있소? 장인님, 어쩐 일이십니까? 원 훌륭한 양반네들이 왜 이렇게 노려보고들 계실까? 마치 굉장한 기념비나 무슨 혜성이나 비범한 사건이 눈앞에 벌어진 것처럼.

바프티스타 아니 여보게, 오늘은 자네 결혼식날이 아닌가. 아까까지만 해도, 혹시나 자네가 안 나타나지나 않을까 하고 걱정을 했지만, 기왕에 온 사람이 이렇게 비참한 복장을 하고 있어서야 어디 되겠는가 말일세. 여보게 자, 그 옷은 얼른 벗어버리게. 자네 신분에 창피하고, 이 엄숙한 결혼식에 어울리지 않아.

트래니오 헌데 좀 말해 보시오. 그래 무슨 까닭에 신부를 이렇게까지 기다리게 해놓고, 끝내는 당신답지 않은 차림까지 하고 오셨소?

페트루치오 지리한 얘기는 그만둡시다, 들어도 소용 없을 테니. 아무튼 약속대로 왔으니까 불평은 없겠지요? 잠깐 어디를 좀 들렀다 오느라고 이렇게 됐습니다만, 나중에 틈이 나면 충분히 납득이 가시도록 얘기해 드리리다. 그건 그렇고 케이트는 어디 있소? 너무 늦지 않았습니까? 오전 시간이 자꾸 흐르고 있습니다. 지금쯤은 교회에 가 있어야 할 시간입니다.

트래니오 아니 이렇게 꼴사나운 복장으로 신부를 만나실 테요? 자, 내 방으로 가서 옷을 갈아입으시오. 내 옷을 빌려드릴 테니.

페트루치오 천만에요. 이대로 만나겠소.

바프티스타 하지만 설마 그런 꼴로 결혼하자는 것은 아니겠지요.

페트루치오 천만에요, 이대로 하겠습니다. 그러니 더이상 말은 그만둡시다. 신부는 나하고 결혼하는 것이지, 내 의복하고 결혼하는 것이 아니니까요. 이 옷을 갈아입는 일은 어렵지 않지만, 그보다는 신부의 마음의 옷을 갈아입혀 주고 싶구려. 그렇게 한다면 케이트를 위해서도 좋고, 나를 위해서도 더욱 좋을 것입니다……. 하지만 지금 바보같이 괜히 당신네들과 쓸데없는 얘기를 하고 있을 때가 아닙니다. 어서 신부한테 가서 아침 인사를 하고, 그 다음 사랑의 키스로 남편의 권리를 확보해 놓아야 하겠습니다. (뒤에 서 있는 그루미오를 데리고 서둘러 퇴장)

트래니오 그 미치광이 같은 복장에는 무슨 곡절이 있는지 모르지만 아무튼 교회에 가기 전에 바꾸어 입으라고 권해 봅시다.

바프티스타 아무튼 뒤따라가서 좀 살펴봅시다.

바프티스타, 그레미오, 그 밖에 모두 퇴장하고 트래니오와 루센쇼만 남는다.

트래니오 헌데 도련님, 당사자의 승낙 외에도 여자의 아버지 쪽의 승낙이 필요합니다. 그 승낙을 얻기 위해서는 요전에 말씀드린 바와 같이 사람을 하나 구해 내야겠습니다. 누구라도 상관 없고, 그리 어려운 일도 아닙니다. 다만 우리 쪽의 목적에 들어맞기만 하면 되니까요. 글쎄 그 사람을 피사의 빈센쇼님으로 가장시켜 가지고 여기 나타나게 해서, 제가 약속한 액수보다 더 많은 재산을 물려준다는 의사 표시만 하면 됩니다. 그렇게만 해두면 도련님은 손쉽게 목적을 달성하시고, 아름다운 비안카와 결혼할 수 있게 되십니다.

루센쇼 헌데 그 동료 가정교사놈이 비안카의 일거 일동을 감시하고 있어서 탈이거든. 그렇지만 않다면 차라리 남몰래 결혼해 버리면 좋겠어. 일단 신전에서 맹세만 해놓은 다음에는 온 세계가 아니라고 외치더라도 난 절대로 내것을 놓치지는 않을 것이니까.

트래니오 그 점도 연구해서 우리 계획이 잘 되도록 해봅시다. 우선 전 반백의 그레미오, 빈틈없는 아버지 미놀라, 교활하고 호색적인 음악 교사 리치오, 이 세 사람을 감쪽같이 속여넘겨야만 하겠습니다. 이것도 죄다 도련님을 위해서 하는 노릇입니다.

이때 그레미오가 되돌아왔다.

트래니오 아니, 그레미오님, 교회에서 돌아오십니까?
그레미오 예, 학교에서 돌아오는 아이같이 즐겁게.
트래니오 신랑 신부도 돌아옵니까?
그레미오 신랑이라고요? 그 녀석이 어찌나 큰소리로 으르렁대는지, 그 색시도 이제는 옴쭉달싹하지 못할걸.
트래니오 그럼 그 여자보다 한 술 더 뜬단 말이오? 어디 그럴 리가.
그레미오 아니, 그 녀석은 악마요 악마. 정말 마귀요.
트래니오 아니, 그 여자야말로 악마요 악마. 악마의 어미요.
그레미오 체! 그 남자 앞에서는 새끼 양이요, 비둘기요, 바보요. 글쎄 루센쇼님, 식장에서 목사님이 캐터리너를 아내로 삼겠느냐고 묻자마자 그 작자는 어찌나 큰 소리로 '그야 물론이오' 하고 대답했던지 목사님은 깜짝 놀라서 성서를 떨어뜨리잖았겠소. 그런데 목사님이 성서를 주워들려고 허리를 굽히니까, 그 미치광이 같은 신랑이 느닷없이 목사님을 때려 갈기잖겠소. 목사님과 성서는 나가떨어졌지요. 결국은 그 작자 '야, 어느 놈이든지 덤빌 놈은 덤벼봐' 이렇게 소리를 지르더란 말이오.

트래니오 그럼, 목사님이 다시 일어섰을 때 그 말괄량이는 뭐라고 하던가요.

그레미오 그저 달달 발발 떨고만 있었소. 목사 쪽에 실수나 있는 듯이 신랑이 발을 구르고 악을 쓰는 바람에 말이오. 허나 식이 끝나자 그 작자는 술을 내오라고 하더니 '건배' 하고 소리를 질렀는데 마치 태풍을 겪은 뒤에 동료들과 무사했음을 배 위에서 축복이라도 하는 것 같다고나 할까요. 글쎄 술을 꿀꺽꿀꺽 따라 마시곤, 찌꺼길 교회지기 얼굴에다 내던지지 않았겠소. 무슨 이유가 있어서가 아니라, 교회지기의 수염이 성글고 굶주린 것 같은데다가 이쪽이 마시는 술찌꺼기만이라도 먹고 싶어하는 눈치라서 그랬다는 거요. 이런 짓이 끝나자, 그 작자는 신부의 목을 붙잡고 요란스럽게 키스를 했는데, 입술이 떨어질 때에 교회 안이 울려댈 지경이었소. 난 여기까지 보고, 하도 창피해서 그냥 나와버렸습니다만, 좀 있으면 일행들이 돌아올 거요. 그런 미치광이 같은 결혼은 첨 봤소. 아, 저 악대 소리가 들리는 것 보시오.

악대를 선두로 결혼식 행렬이 들어온다. 페트루치오와 캐터리너, 그 다음에 비안카, 바프티스타, 호텐쇼, 그루미오 등 등장

페트루치오 여러분, 수고하셨습니다. 여러분은 아마 오늘 나와 회식하실 생각으로 굉장한 결혼 잔치를 마련해 놓으신 모양입니다만, 실은 나는 좀 급한 볼일이 있어 놔서, 미안하게 되었습니다만, 곧 떠나야겠습니다.

바프티스타 아니, 오늘밤에 떠나겠다고!

페트루치오 아니, 지금 떠나야겠습니다. 밤까지 기다릴 수는 없습니다. 이상하게 생각하실 건 없습니다. 장인님도 일의 내용만 아신다면, 오히려 어서 가보라고 권하게 되실 것입니다. 헌데 정직한 여러분, 여러분에게 감사드립니다. 여러분 덕택에 세상에 둘도 없이 참을성 있고 상냥하고 정숙한 여자를 아내로 맞게 되었으니까요. 그럼 회식은 장인님과 같이 하시고, 나의 건강을 축복해 주십시오. 이제 그만 가봐야겠습니다. 그럼 다들 안녕히 계시오.

트래니오 아니, 제발 잔치나 끝나거든 가시도록.

페트루치오 그럴 수가 없어서.

그레미오 제발 부탁하오.

페트루치오 안 됩니다.

캐터리너 제발 부탁이에요.

페트루치오 아 고맙소.

캐터리너 그럼 머물러 계시겠어요?

페트루치오 당신의 청은 고맙소. 하지만 당신이 아무리 부탁을 하더라도 그냥 머물러 있을 수는 없소.

캐터리너 절 사랑하신다면 가지 마세요.

페트루치오 야, 그루미오, 말을.

그루미오 예, 주인양반, 말은 다 준비해 놨습니다.

캐터리너 흥, 그럼 당신 맘대루 해요, 전 오늘 같이 가지 않을 테니. 아니 내일도 안 갈 테에요. 제 맘이 내키기 전에는. 문은 열려 있으니, 자 가세요. 그 장화가 헐어빠질 때까지 아무 데나 터벅터벅 돌아다녀요. 난 맘이 내킬 때까진 아무 데도 가지 않을 테에요. 처음부터 이래서야 앞으로 얼마나 뻔뻔스럽고 짓궂은 본성을 드러낼는지 누가 알아요.

페트루치오 이봐 케이트, 안심해요. 그리고 그렇게 성내지 말아요.

캐터리너 이래도 성을 내지 말라고요? 아버지, 아버진 좀 가만히 계세요. 누가 자기 맘대로 가만둘 줄 알고.

그레미오 아이고 이제 드디어 시작하는구먼.

캐터리너　여러분, 회장으로 들어가세요. 이제 보니 여자란 맘이 여간 굳지 않아선 바보 취급당하고 말겠어요.

페트루치오　이봐 케이트, 그야 누구 명이라고 다들 회장으로 안 들어갈 수 있나? 들러리분들도 명령에 복종하시오! 자, 회장으로 들어들 가서 실컷 마시고 재미를 보시오. 그리고 신부의 처녀성이나 실컷 축복해 드리시오. 미치건 떠들건 가서 목을 매건 맘대로 하시오. 그러나 귀여운 내 케이트만은 내가 데리고 가야겠소. (캐터리너보고) 이봐, 그렇게 두 발을 동동거리고 위협조로 나오지 마. 당신이 아무리 노려보고 안달을 해도 내 소유물에 대해서는 내가 주인이 아니냐 말이야? 이 여자는 내 소유물이요, 동산이요, 집이요, 살림 도구요, 전답이요, 창고요, 말이요, 소요, 당나귀요, 아무튼 내것이란 말이오. 지금 저렇게 서 있지만, 누구든지 감히 손만 대봐요! 패듀어의 아무리 거만한 자라도 내 길목만 막으면 가만 있을 내가 아니니까. 야, 그루미오, 칼을 빼라. 우린 도둑들한테 포위당해 있구나, 자 너도 사내 대장부라면 아씨를 구해내야 할 거 아니냐? 이봐, 케이트, 아무 걱정 마, 당신에겐 아무도 손을 대지 못하게 할 테야. 누가 나와도 당신만은 꼭 방어해낼 테니까! (캐터리너를 안고 퇴장. 그루미오

는 호위하는 태세로 그 뒤를 따라 퇴장)

바프티스타 아 여러분, 내버려둡시다. 저렇게 의가 좋은 부부잖소.

그레미오 얼른 떠나 줘서 다행이었소. 하마터면……. 난 하도 우스워 죽을 뻔했는데.

트래니오 나 원 참! 별 미치광이 같은 결혼을 다 봤구려.

루센쇼 비안카 양, 그래 언니를 어떻게 생각하십니까?

비안카 평소에 언니 자신이 미치광이 같으니까 저렇게 미치광이 같은 결혼이 당연하지 뭐.

그레미오 페트루치오와 케이트는 틀림없이 천생 연분입니다.

바프티스타 여러분, 신랑 신부의 좌석은 비어 있어도, 음식만은 많이 차려져 있습니다. 자 루센쇼, 결혼 피로연인데 당신이 좀 신랑 자리에 앉아 주시오. 그리고 비안카는 언니 자리에 앉고.

트래니오 아름다운 비안카에게 신부 연습을 시키는 것입니까?

바프티스타 뭐 그렇다고 해둡시다, 루센쇼. 그럼 자, 여러분, 다들 들어가 봅시다.

제 4 막

제 1 장

페트루치오의 시골 별장

삼층 복도로 통하는 계단. 커다란 난로, 탁자, 벤치, 걸상. 입구가 세 개. 그 하나는 현관으로 통하고 있다. 그루미오가 바깥에서 들어온다. 어깨에는 눈이 묻어 있다. 다리에는 진흙이 튀어 있다.

그루미오 (벤치에 털썩 걸터앉으면서) 제기, 내 이 무슨 팔자냐! 늙어빠진 망아지들에다, 주인 내외는 온통 발광을 하고, 길도 진창이고, 세상에 이렇게 지독한 꼴을 당한 사람도 있을까? 이렇게 혼이 나고, 이렇게 욕을 본 사람도 있을까? 쳇, 나보고는 먼저 가서 불을 피워 놓으라고 하고, 내외분은 나중에 와서 몸을 녹이겠다는 배짱이지……. 난 작은 항아리 같아서 금방 더워져서 다행이지만, 안 그렇다면 내 입술은 당장 얼어붙고 말았을 것 아닌가, 불을 지펴서 몸을 녹일 겨를도 없이 말야. 하지만 불이나 지펴서 몸이나 녹여 볼까. 이런 날씨엔 나보다 키가 큰 사람 같으면 감기 걸리기가 십상이겠구먼. 여보게, 커티스!

커티스 등장

커티스 누구요, 그렇게 추운 목소리를 내는 사람이?

그루미오 얼음 조각일세, 내 말을 못 믿겠거든 내 어깨를 좀 짚어 보게. 손이 금방 발꿈치까지 미끄러져 내려가고, 머리와 모가지 사이의 거리만큼도 안 되는 것 같을 테니. 여보게 커티스, 불 좀 지펴 줘.

커티스 주인 내외분이 오시는 중인가, 그루미오?

그루미오 응 그렇다네, 커티스. 그러니까 불을 피워, 불을. 어서 불을, 물을. 아니, 물은 끼얹지 말고.

커티스 그래 아씨님은 소문같이 지독한 말괄량이던가?

그루미오 사실이야, 이번 서리가 내리기 전까지는. 하지만 자네도 알다시피 겨울이 오면 남자고 여자고 짐승이고 죄다 풀이 죽어버리고 말잖던가. 글쎄, 우리 주인양반과 아씨님도 그렇고, 나 자신도, 내 짝인 자네도 그렇단 말야.

커티스 자네 친구라니, 요 세 치밖에 안 되는 바보 같으니! 그래 날 자네 같은 짐승인 줄 아나?

그루미오 아니, 내가 세 치밖에 안 된다고? 그럼 자네의 그 질투 많은 뿔은 한 자는 된단 말이지. 그렇다면 내 뿔도 적어도 한 자는 될걸. 그건 그렇고, 불 좀 지피지 않겠나? 싫다면 아씨께 고자질 좀 해줄까? 고자질만 해놓으면 아씨 손에, 아씨는 지금 눈앞에 다가오고 계시네만, 얻어맞고, 불을 안 피워논 죄로 자네 눈에 서 불이 날 거네.

커티스 (난로에 불을 지피려고 하면서) 여보게 그루미오, 심심한데 세상 돌아가는 얘기나 좀 해주겠나?

그루미오 여보게, 어딜 가보나 자네가 맡은 일 말고는 다 차디찬 세상이네그려. 그러니까 어서 불이나 지피게. 자기 할 일을 다하면 복이 돌아온다고 하지 않던가. 주인 내외분은 지금 얼어죽게 됐어.

커티스 (일어서면서) 자, 불은 피웠어. 헌데 여보게, 무슨 소식은 없나?

그루미오 없긴 왜 없어. 자네가 싫증날 정도로 실컷 있어.

커티스 딴은 못된 장난을 실컷 알고 있는 자네니까.

그루미오 (손을 불에 쬐면서) 그러니까 몸을 좀 녹여야지. 난 꽁꽁 얼어 있으니까 말야. 그런데 요리사는 어디 갔나? 저녁은 준비됐나? 집안은 치워져 있나? 돗자리도 깔아 놓고, 거미집도 털어 놨나? 하인들은 새옷으로 갈아입었나? 흰 양말로 갈아신나? 다른 예복으로 갈아입었나? 남자들은 밖을 깨끗이 하고 여자들은 안을 깨끗이 한다고들 하잖나? 테이블보는 깔아 놨나? 모든 준비는 다 돼 있나?

커티스 다 돼 있어. 그러니 제발 소식이나 얘기해 달라니까.

그루미오 첫째 소식인즉, 말은 지쳐 빠지고 주인 내외는 낙상을 했다네.

커티스 어떻게?

그루미오 글쎄, 안장에서 진창으로 낙상을 했다네. 거기에는 까닭이 있지.

커티스 그 얘기 좀 들려 주게나.

그루미오 그럼 귀를 좀 이리.

커티스 자.

그루미오 이거야. (커티스의 귀를 친다)

커티스 아니, 얘길 들려 준다더니 이렇게 느끼게 해주나?

그루미오 그러니까 누구나 느낄 수 있는 얘기란 말이야. 이렇게 자네 귀를 갈겨 놓으면, 귀가 정신을 차릴 것 아닌가. 자, 그럼 얘기를 시작하겠는데……. 첫째, 우리 일행은 진창 산길을 내려오고 있었지, 주인양반은 아씨 뒤에 걸터타고서 말야.

커티스 내외분이 같은 말에 탔단 말인가?

그루미오 그게 어쨌단 말인가?

커티스 그야 말은 한 필이니까.

그루미오 그럼 자네가 얘기해 보게나. 자네가 내 말을 가로막지만 않았어도 말이 어떻게 넘어졌는지, 아씨가 어떻게 말 밑에 깔리고 말았는지 내가 얘기해 줬을 것 아닌가. 그리고 그곳이 얼마나 지독한 진창인지, 아씨가 얼마나 진창 속에 빠졌는지, 주인양반은 아씨를 말에 깔린 채 내버려두고, 말을 넘어뜨리게 했다고 얼마나 날 때렸는지, 아씨는 날 못 때리게 막으려고 진창에서 어떻게 기어나오셨는지, 그걸 얘기해 줬을 것 아닌가. 주인 양반은 욕을 하고, 생전 빌지 않는 아씨는 빌고, 난 울고, 말은 달아나고, 말굴레는 끊어지고, 내 엉덩이는 떨어져 나가고……. 아니 이 밖의 소중한 얘기들도 죄다 망각 속에 파묻혀 버리고 말 거고, 그래서 결국 자네는 그런 얘길 듣지도 못한 채 무덤으로 돌아갈 거고 한 얘기들을 자세하게 들려 줬을 것 아닌가.

커티스 지금 얘기로 봐선 주인양반 쪽이 아씨보다 한 술 더 지독한가 본데.

그루미오 그야 물론이지. 그야 주인양반이 들어오시면, 자네나 이 댁의 아무리 거만한 하인도 알게 될 거네……. 허나 지금 이런 얘기를 하고 있을 때가 아냐. 자, 이리 모두 불러들이게. 너댄엘, 조셉, 니콜러스, 필립, 월터, 슈가소프, 그리고 이 밖에도 죄다 불러들이게. 머리는 반지르하게 빗질하고, 파란 코트를 솔질하고, 대님은 아주 잘 매야 하고, 인사는 왼 다리를 앞으로 내고 하고, 손에 키스하기 전에는 주인양반의 말꼬리 털에조차 손을 대서는 안 되네. 그럼 준비는 다 됐나?

커티스 다 됐고말고.

그루미오 그럼 다 이리 불러오게.

커티스 (부른다) 여보게들? 어서 이리 와서 주인양반을 맞이하고 새아씨의 얼굴을 살펴보게나.

그루미오 아씬 원래 자기 얼굴을 가지고 계시는데.

커티스 누가 모르나?

그루미오 하지만 자네 금방 하인들보고 아씨 얼굴을 살피라고 하잖았나?

커티스 그거야 하인들보고 새아씰 믿게 하자는 것이지.

그루미오 그렇지만 아씨가 여기 오셔서 하인들에게 아무것도 요구하지 않으실 것만은 확실하네.

하인들 네댓 명이 등장하여 그루미오를 둘러싼다.

너댄엘 잘 돌아왔네, 그루미오.

필립 그래 어떤가, 그루미오.

조셉 야, 그루미오.

니콜러스 여보게, 그루미오.

너댄엘 그래 어떻던가, 여보게.

그루미오 아이고, 자네들도 잘 있었나? 재미가 어떤가, 자네들은? 인사는 이만. 헌데 여보게 조촐한 동료들, 지시한 대로 준비는 다 되어 있나, 모든 준비는 되어 있나?

너댄엘 모든 준비는 돼 있고말고. 헌데 주인양반은 이리 오시나?

그루미오 이제 곧 오시네, 지금 말을 내리는 중이네. 그러나 알았나, 제발 입을 딱 다물게. 들어오시는 소리가 들리네.

이때 난폭하게 문이 열리고 페트루치오와 캐터리너가 들어온다. 두 사람이 다 머리부터 발끝까지 온통 진흙투성이다. 페트루치오가 방 한가운데로 걸어들어온다. 캐터리너는 거의 까무라칠 것 같으면서도 겉으로는 아무렇지도 않은 체하고 벽에 기대고 있다.

페트루치오 이 자식들이 다 어디 있나? 그래 문간에 마중 나와서 등자를 붙들고, 말을 잡아 주는 놈도 한 놈 없단 말이냐! 너댄엘은 어디 있냐! 그레고리와 필립은?

하인들 (달려와서) 여기들 있습니다, 주인님! 여기 있습니다! 주인양반.

페트루치오 여기 있습니다 주인님, 예 여기들 있습니다? 에잇 이 멍텅구리 바보자식들아! 아니 그래 마중도 안 나오고, 경의도 표하지 않고, 할 일도 안하고, 그래도 좋단 말이냐? 그래 내가 먼저 보낸 그 바보녀석은 어디 있냐?

그루미오 예 여기 있습니다. 여전히 미련한 놈이긴 합니다만.

페트루치오 이 농군 시골뜨기놈 같으니! 방앗간 말 같은 일이나 할 이 빌어먹을 녀석같으니! 공원까지 마중을 나오라고 내가 일렀잖았냐, 이 망할 자식들을 죄다 데리고서!

그루미오 글쎄 주인님, 너댄엘의 코트는 미처 되지가 않았고, 가브리엘의 구두는 뒤축이 덜 돼 있고, 파터의 모자를 그을릴 장작은 없고, 월터의 단도는 칼집에서 빠지지 않고, 게다가 애덤과 랄프와 그레고리 외에는 아무도 꼴이 아니고, 죄다 헌 누더기에 거지 발싸개라 놔서요. 하지만 아무튼 이렇게 다들 주인양반을 맞으러 나오긴 나왔습니다.

페트루치오 임마, 어서 가서 저녁상을 가져오너라. (하인들 서둘러서 퇴장. 페트루치오 혼자서 노래조로) '어제 하던 생활은 그 어디에' 이 자식들이 다 어디 갔나? (문앞에 서 있는 캐터리너를 알아보고) 자 케이트, 앉아요. 잘 와줬어. (난로 곁으로 캐터리너를 데리고 간다) 인제 식사야,

식사, 식사! (하인들이 저녁상을 가지고 들어온다) 아니, 뭘 지금까지 꾸물거리고 있었냐? 이봐 케이트, 기분을 내요. (캐터리너의 곁에 앉으면서) 이 녀석들아, 내 신이나 벗겨라! 이놈들아, 뭘 꾸물거리고 있어? (하인 한 사람이 신을 벗기려고 무릎을 꿇는다. 페트루치오 다시 노래조로) '그 어떤 수도원의 신부가, 길을 걸어갈 때에 ……' 임마, 내 발을 비틀어서 뽑아낼 테냐? (그 하인의 머리빡을 때린다) 맛이 어떠냐. 알았거든 이쪽은 잘 벗기란 말이야. (하인 양쪽 신을 다 벗긴다) 이봐 케이트, 기운을 내요. 누가 물좀 가져오너라. 임마, 여기다! (하인이 물을 가지고 들어온다. 페트루치오는 그것을 못 본 체하고) 내 사냥개 트로일러스는 어디 있냐? 임마, 넌 어서 가서 내 사촌 퍼디넌드를 이리 모시고 오너라. (하인 한 사람이 나간다) 이봐 케이트, 그분한테 꼭 키스를 해드리고, 좀 사귀어 줘야겠어. 내 슬리퍼는 어디 있냐? 대관절 물은 언제 가져오는 거냐? (하인이 또 물대야를 내민다) 케이트, 이리 와서 손을 씻어요. 참 잘 와주었어. (이렇게 말하면서 하인과 부딪쳐서 물이 쏟아지게 하면서) 이 망할 자식 좀 보게, 네가 물을 엎어버릴 작정이냐? (하인을 때린다)

캐터리너 제발 용서해 주세요. 일부러 그런 건 아니잖아요, 네.

페트루치오 이빌어먹을 나무 망치 같은 대가리에다 늘어진 귀를 한 녀석 좀 보게. 자 케이트, 앉아요. 배가 고프겠소. (캐터리너가 테이블에 앉는다) 이봐요, 감사의 기도를 올려 주겠소, 케이트? 아니, 내가 올리리까? 뭐야 이건, 양고긴가?

하인1 예.

페트루치오 누가 가져왔냐?

하인1 예, 제가 가져왔습니다.

페트루치오 탔구나, 음식이 죄다 그 꼴이구나. 이 개 같은 자식들 좀 보게. 요리사 녀석은 어디 있냐? 그래 너희 놈들이 광에서 이걸 꺼내 가지고 나와서 내가 싫어하는 줄 뻔히 알면서 일부러 먹일 심보냐? 썩 가지고 나가, 접시고 뭐고 죄다. (하인 머리에 음식을 내던진다) 이 조심성 없는 미련둥이들 같으니, 버릇 없는 놈들 같으니! 그래 무슨 불평이 있어? 썩 말해 봐라. (일어서서 하인들을 내쫓는다. 커티스만 남는다)

캐터리너 제발, 그렇게 화내지 마세요, 네. 그 고긴 멀쩡하잖아요, 당신만 좋으시다면.

페트루치오 이봐 케이트, 그건 다 타서 바삭바삭하지 않소. 그런 건 입에 넣지 말라고 난 엄금당해 있소. 글쎄, 그런 걸 먹으면 답답증이 생기고 화증이 생긴다나. 그러니까 우리는 둘 다 단식을 하는 편이 좋을 거야. 안 그래도 우리는 원래 화 잘 내는 성미잖소. 그러니 그렇게 너무 탄 고기는 먹지 않는 게 좋을 거야. 그러니 참읍시다. 내일이면 어떻게 되겠지요. 오늘밤은 둘이서 단식을 합시다. 그럼 신방으로 갑시다.

두 사람이 계단을 올라간다. 그 뒤에 커티스가 따라 올라간다. 하인들이 발소리를 죽이고 나타난다.

너댄엘　피터, 이런 일을 전에도 봤나?

피터　독을 독으로 다스리는 셈이지.

커티스가 계단을 내려온다.

그루미오　주인양반은?

커티스　아씨 방에 계시네. 지금 금욕에 관해서 설교하시는 중인데, 고래고래 악을 쓰고 욕을 하고 야단치는 바람에 가엾게도 아씨는 어디 서 있어야 좋을지, 어느 쪽을 봐야 좋을지, 무슨 말을 해야 좋을지, 갈피를 못 잡고 마치 꿈에서 갓 깨어난 사람 모양 멍하니 앉아 계실 뿐이라네. 달아나세, 달아나, 주인님이 내려오시네. (다 나가 버린다)

페트루치오 계단 머리에 나타난다.

페트루치오 이렇게 교묘하게 지배권을 잡아 놓으면 어쨌든 성공하고 말 것 아닌가. 내 매(鷹)는 지금 지독하게 배가 고파 있지. 밥에 달려들 때까지는 배가 부르게 먹이지 말아야지. 배가 부르면 마음대로 길들일 수 없으니 말이야. 또 한 가지, 아무리 사나운 매라도 길들여서 주인의 부름대로 오게 하는 방법이 있는데, 다른 게 아니라 잠을 못 자게 하는 거야. 들매로 사납게 푸드덕거리고 말을 듣지 않는 놈은 그렇게 손쓰면 되거든. 아내는 오늘 아무것도 안 먹었지. 물론 앞으로도 못 먹게 할 테야. 그리고 어젯밤엔 한 잠도 자지 못했지. 물론 오늘밤도 못 자게 해야지. 글쎄 아까 그 고기의 경우와 같이 잠자리에 관해 생트집을 잡아 가지고 베개는 저리, 홑이불은 이리, 시트는 저리, 죄다 내던져 버려야지. 그런데 이런 소동을 하는 것도 끔찍하게 아내를 생각해서 그러는 것처럼 보이잔 말이야. 요는 긴 밤을 눈도 못 붙이게 하고, 조는 기색만 보이면 마구 떠들고 악을 써서 도무지 잠을 자지 못하게 해야지. 이건 정을 가지고 아내를 잡는 법이랄까. 이렇게라도 해서 저 미치광이 같은 고집을 바로잡아야지. 말괄량이를 휘어잡는 다른 명안이 있거든 누구 좀

나서서 가르쳐주구려. 적선이 될 테니까요. (휙 돌아서서 침실로 돌아간다)

제 2 장

패듀어의 광장
루센쇼와 비안카, 수목 밑에 앉아서 책을 읽고 있다. 트래니오와 호텐쇼, 광장에 면한 어떤 집에서 나온다.

트래니오 이봐요, 리치오님, 어디 그럴 수가 있겠소, 비안카 양이 이 루센쇼 이외에 다른 남자를 사랑하다니? 보기에는 내게 호의를 보이고 있는데.

호텐쇼 그럼 내가 한 말을 정 믿지 못하겠다면, 이 근처에 숨어서 저 작자가 가르치는 태도를 좀 살펴보시오.

(둘은 나무 뒤에 숨는다)

루센쇼 그럼 아가씨, 이제 읽은 것을 아시겠습니까?

비안카 선생님이 무엇을 읽어 주셨지요? 먼저 그것부터 대답해 주세요.

루센쇼 그건 내 전문 과목인 연애술입니다.

비안카 그럼 더 공부하셔서 연애 석사가 되세요.

루센쇼 어렵지 않은 일입니다. 아가씨가 내 애인만 돼주신다면.

호텐쇼 우수한 학생들이잖소. 여보, 이래도 비안카에게 루센쇼 이외는 애인이 없다고 감히 말할 수 있겠소?

트래니오 오, 더럽소, 연애란! 믿지 못할 건 여자로구먼! 여보 리치오님, 정말 어안이 벙벙하구려.

호텐쇼 인제 가면은 벗겠소. 난 리치오가 아니오. 음악가도 아니오. 그건 가면이었소. 그러니 나 같은 신사를 버리고 저런 천한 녀석을 신같이 생각하는 계집애를 위해서 이런 거짓 생활을 더이상 계속할 수는 없소. 나는 실은 호텐쇼라는 사람이오.

트래니오 호텐쇼님, 당신이 비안카를 무척 사모하고 계시다는 얘기는 전부터 나도 듣고 있소. 그런데 내 눈으로 저 여자의 경박함을 목격한 이상, 당신이 정 그러시다면 나도 당신과 같이 비안카를 포기하겠습니다, 영원히.

호텐쇼 저것 좀 봐요. 저렇게 키스를 하며 사랑을 주거니 받거니 하고들 있잖소. 루센쇼님, 자 우리 악수합시다. 굳게 맹세하지만 앞으로 저 여자에게는 절대로 구애를 하지 않고, 영영 포기하겠소. 그만한 가치가 없는 여자인 줄도 모르고 오늘까지 괜히 애만 태워 왔구려.

트래니오 그렇다면 나도 진정으로 맹세를 하겠습니다. 저 여자완 절대로 결혼하지 않겠습니다. 비록 저편에서 청원해 오더라도 말이오. 체, 더러운 계집 같으니! 저

교태 좀 보게.

호텐쇼 저 작자 외에는 천하가 저 여자를 보는 체도 하지 말았으면! 나로 말하자면 틀림없이 맹세를 지키기 위하여 사흘 안에 어떤 부자 미망인과 결혼을 하겠소. 그 미망인은 나를 오랫동안 사랑해 온 여자요. 내가 저 거만하고 사람을 업신여기는 계집년을 사랑해 온 것처럼 말이오. 그럼 안녕히 계시오, 루센쇼님. 여자는 미모보다 마음씨가 중요합니다. 이제는 마음씨에 애정이 끌립니다. 그럼 아까 그 맹세를 굳게 안은 채 이만 가보겠습니다. (퇴장. 트래니오는 두 애인 곁으로 간다)

트래니오 비안카 양, 축복합니다. 행복한 여인이란 당신을 두고 한 말인가 봅니다. 두 분의 정다운 모습을 보고, 나나 호텐쇼는 이제 단념하겠습니다.

비안카 트래니오, 농담은 그만둬요. 하지만 정말로 두 분 다 절 단념하셨나요?

트래니오 예, 그렇습니다.

루센쇼 그럼 우린 리치오를 물리친 셈이구먼.

트래니오 예, 그분은 어떤 정력이 왕성한 미망인을 찾아가서, 당장에 구혼을 하고 그날로 결혼식을 올린다나요.

비안카 제발 잘 되기만 빌어요.

트래니오 하긴 그분은 여자를 잘 길들일 것입니다.

비안카 글쎄, 그러나 보군요.

트래니오 그렇습니다. 훈련 학교에 들렀다 간다나요.

비안카 훈련 학교! 그런 곳이 다 있나요?

트래니오 있고말고요. 페트루치오가 그곳 선생님이랍니다. 그분은 묘법을 얼마든지 가르쳐 준답니다. 말괄량이를 길들여서 독설로 옴쭉달싹 못하게 해버리는 묘법 말입니다.

비온델로가 달려들어온다.

비온델로 아이고 주인양반, 전 어찌나 오래 지키고 서 있었던지 고단해 죽을 지경입니다만, 그러나 마침내 찾아냈습니다. 글쎄, 천사 같은 한 늙은이가 산길을 내려오고 있는 중입니다. 인제 됐습니다.

트래니오 누군데?

비온델로 글쎄, 상인인지 교사인지 잘은 모르겠습니다만 옷차림은 단정하고, 걸음걸이며 인상이 꼭 부친과 닮았습니다.

루센쇼 트래니오, 그분을 어쩔 셈인가?

트래니오 그분이 만약 쉽사리 제 말을 곧이들어 준다면, 그분을 빈센쇼님으로 가장시켜 바프티스타 미놀라 님에게 보증을 하는 부친 역할을 하게 하겠습니다. 자,

아가씰 모시고 먼저 들어가십시오. (루센쇼와 비안카는 바프티스타의 집으로 들어간다)

교사 등장

교 사 안녕하시오.

트래니오 아, 안녕하십니까. 어디까지 가시는 길입니까? 또는 이곳까지 오시는 중입니까?

교 사 일단 이곳에 머물렀다가, 한두 주일 후에는 찾아가 보겠소, 로마까지. 그리고 죽지만 않는다면 트리폴리까지도 가볼 생각이외다.

트래니오 교향은 어디십니까?

교 사 맨튜어요.

트래니오 뭐, 맨튜어서 일부러 패듀어에? 안 될 말씀! 목숨이 아깝지 않습니까?

교 사 목숨요? 왜요? 이거 큰 야단이네.

트래니오 맨튜어 분이 패듀어로 오는 것은 죽음터로 뛰어드는 거나 마찬가집니다. 모르십니까, 그 원인을? 댁의 나라의 선박들은 지금 베니스에 억류당해 있습니다. 공작이--댁의 나라의 공작과 이곳 공작 사이에 무슨 시비가 있어 그런 모양인데--아무튼 공공연하게 그런 포고를 내려 놨답니다. 하기야 지금 갓 오셨으니까 무리는 아닙니다만, 그 포고를 전혀 듣지 못하셨다 는 건, 참 이상한 얘깁니다.

교 사 아이고, 이거 정말 야단났네. 난 플로렌스에서 환어음을 가지고 왔는데, 이곳에서 누구에게 줘야 할 물건입니다.

트래니오 그렇습니까. 당신을 위해서입니다만 그럼 이렇게 하시면 어떻겠습니까. 헌데 먼저 좀 물어 볼 말이 있습니다만, 혹시 피사에 가보신 일이 있으십니까?

교 사 예, 피사엔 종종 가봤지요. 피사는 사람들이 모두 다 성실하더군요.

트래니오 그 중에 혹시 빈센쇼라는 분을 아십니까?

교 사 직접은 모릅니다만, 소문은 들었지요. 굉장한 거상이라던가요.

트래니오 실은 그분이 저의 부친입니다. 솔직히 말해서 부친 얼굴은 어딘가 좀 댁의 얼굴과 비슷합니다.

비온델로 (방백) 사과와 굴조개가 비슷하다면 비슷하달까. 허나 아무튼 상관 없는 일이지.

트래니오 이 생사의 기로에서 댁을 위하여 이렇게 해드리죠. 댁이 우리 부친을 닮은 것은 참 다행한 일입니다. 그러니 우리 부친의 이름과 신용을 가장하여 내 집에서 거리낌없이 묵으시고, 마치 우리 부친처럼 행동하십시오. 아시겠습니까? 이곳에서 일을 다 보실 때까지 그렇게 머무르셔도 좋습니다. 이쪽 기분을 알아주신다면 부디 그대로 받아들여 주십시오.

교 사 예, 받아들이고말고요. 그리고 일생을 두고 생명의 은인으로 은혜는 잊지 않겠소.

트래니오 그럼 같이 가셔서 일을 처리하십시다. 그런데 이건 미리 알아 두십시오만. 다들 우리 부친이 오시길 기다리고 있는 중이랍니다. 나는 바프티스타라는 분의 따님과 결혼하기로 돼 있습니다만, 그 결혼에 우리 부친께서 재산 보증을 하러 오시기로 되어 있습니다. 그간의 사정은 차차 말씀드리겠습니다. 아무튼 같이 가셔서, 의복부터 우리 부친처럼 갈아입으십시오. (모두 퇴장)

제 3 장

패트루치오의 시골 별장
캐터리너와 그루미오 등장

그루미오 안 됩니다. 그런 일은 저로선 도저히 안 됩니다.

캐터리너 내가 궁지에 빠질수록, 그인 더 심해지는 것 같아요. 아니, 그인 날 굶겨 죽이기 위해서 나와 결혼했을까? 친정 집 문간에 나타난 거지들도 애걸하면 뭘 얻어가요. 못 얻어가더라도, 다른 곳에 가면 자비를 만나요. 헌데 한 번도 애걸이라곤 해보지 않은 내가, 아니 애걸할 필요조차 느껴보지 못한 내가 배가 고파 죽을 지경이고 게다가 한잠도 자지 못하여 머리는 빙빙 도는데, 그인 줄곧 소리만 질러서 눈도 붙이지 못하게 하다니. 그러나 뭣보다도 가장 싫은 것은 그이의 태도예요. 그게 모두 애정 때문이라나? 글쎄 내가 먹거나 자는 날엔 죽을 병에 걸리든가 당장에 목숨을 잃고 말 것 같은 말투란 말이에요. 제발 먹을 것 좀 갖다줘요. 뭐고 상관 없으니까, 독만 들어 있지 않다면.

그루미오 쇠 다리는 어떻겠습니까?

캐터리너 참 좋아요, 제발 어서 좀.

그루미오 그건 너무 자극적인 음식이 아닐까요. 걸직하게 끓인 곰국은 어떠십니까?

캐터리너 그것도 좋아요. 어서 좀 가져와요.

그루미오 그것도 좀 자극적이 아닐까요. 쇠고기에 겨자를 바른 것은 어떻겠습니까?

캐터리너 그건 내가 좋아하는 요리예요.

그루미오 하지만 겨자는 좀 맵습니다.

캐터리너 그럼 쇠고기만 가져오고, 겨자는 빼면 되잖아요.

그루미오 안 될 말씀입니다. 겨자를 뺄 순 없습니다. 이 그루미오가 쇠고기만 가져올 수야 있겠습니까.

캐터리너 그럼 양쪽 다든가, 한쪽만이든가 맘 내키는 대로 가져와요.

그루미오 그럼 쇠고긴 빼고 겨자만 가져오겠습니다.

캐터리너 가버려요, 요 거짓말쟁이 같으니. (그루미오를 때린다) 음식 이름이나 먹일 셈이냐. 가만 안 둘 테다. 죄다 덤벼들어서 날 못 살게 굴 셈이냐. 썩 가버리라니까.

페트루치오와 호텐쇼가 고기 접시를 들고 등장

페트루치오 아 케이트, 아니 왜 그렇게 기운이 없소?

호텐쇼 부인, 어쩐 일이십니까?

캐터리너 아, 이렇게 욕을 보다니.

페트루치오 이봐, 기운을 내고, 즐거운 낯을 해요. 이봐, 이렇게 내가 애를 써서 손수 요리를 만들어 가지고 들고 오지 않았어. (요리를 내려놓는다. 캐터리너가 그것을 집는다) 여보, 이만하면 치사쯤 받아도 좋을 것 같은데……. (캐터리너가 요리를 입에다 넣는다) 아니, 한 마디도 없나? 그럼 맛이 없는가 보구먼. 괜히 난 헛수고만 했네……. (요리접시를 뺏으며) 여봐라, 물려가라.

캐터리너 제발 거기 놔 두세요.

페트루치오 아무리 맛없는 것일지라도 고맙다는 말씀은 하는 법이오. 내 요리만 하더라도 손을 대기 전에 고맙단 말씀은 있어야 할 것 아니오.

캐터리너 고마워요. (페트루치오, 접시를 도로 내려놓는다)

호텐쇼 여보게 페트루치오, 자네 너무하잖나. 자 부인, 제가 상대해 드리겠습니다.

페트루치오 (호텐쇼에게 방백) 여보게 호텐쇼, 날 생각해 준다면 제발 좀 죄다 먹어 치워 주게, 자네의 그 친절한 마음씨가 효력을 내주기만 바라네. (큰 소리로) 케이트, 어서 먹어요. 그리고 나서 당신 친정에나 가봅시다. 가장 좋은 옷을 근사하게 차려입고 한번 홍청거려 봅시다. 비단 코트에다 비단 모자와 금반지, 주름 잡힌 깃, 소매 장식, 스커트의 버팀개 등등, 그리고 목도리와 부채, 갈아입을 옷 두 벌, 호박팔찌, 장식용 구슬 등등, 진짜 가짜 뒤섞어 가지구. (캐터리너가 얼굴을 든 순간 페트루치오가 눈짓을 하자, 그루미오가 얼른 요리 접시를 치운다) 벌써 다 먹었소? 재봉사가 기다리고 있소. 당신 몸매를 아주 멋있게 꾸미기 위해서 말이오. (이때 재봉사 등장) 어디 좀 구경합시다. 그 옷을 좀 펴 보여주시오.

재봉사가 테이블 위에 그것을 펴 보인다. 이때 잡화상이 상자를 들고 등장

잡화상 (상자를 열며) 나리께서 주문하신 모자를 가져왔습니다.

페트루치오 (모자를 잡아채면서) 아니, 이건 나무 그릇을 틀 삼아서 만든 것 아닌가. 빌로드 접시랄까. 체, 체, 이 따위 상스럽고 더러운 물건이 어디 있어! 가리비조개나 호도껍질 같잖은가. 아니 이건 노리개다, 장난감이다, 사탕 발림이다. 아기 모자다. (그것을 방구석에 내던진다) 집어 치워! 좀더 큰 걸 가지고 와.

캐터리너 더 큰 건 싫어요. 그것이 지금 유행이에요. 얌전한 부인네는 다 그런 모자를 써요.

페트루치오 당신도 얌전해지면 씌워 주리다. 그때까진 안 돼.

호텐쇼 (방백) 서둘 건 없겠구먼.

캐터리너 뭐라고요. 인제 저도 가만히 못 있겠어요. 할 말은 해야겠어요. 저도 어린애, 갓난애는 아니에요. 당신보다 더 훌륭한 분들도 제가 하고 싶은 말을 가로막지는 않았어요. 듣기 싫으면 귀를 막으면 되잖아요. 이 혀는 가슴 속의 분을 말해 버려야 해요. 억지로 참고 있으면 가슴이 터질 거예요. 그보다는 속시원하게 말을 할 테에요. 속 시원하게 실컷 말이나 해버리겠어요.

페트루치오 참 그렇소. 당신 말마따나 이건 보잘것없는 모자요. 커스터드 푸딩 같다 할까, 장난감 같다 할까, 비단 파이 같다 할까. 당신이 이걸 싫어하니까, 난 더욱 당신이 사랑스럽구려.

캐터리너 사랑스럽고 뭐고, 전 이 모자가 좋아요. 그러니 이 모자로 하겠어요. 다른 건 싫어요.

페트루치오 그럼 의복은? 여보 재봉사, 좀 구경합시다. (테이블 쪽으로 간다. 그루미오가 잡화상을 데리고 나간다) 아이고, 이거 가장무도회에 입고 나가란 말이냐? 이게 뭐냐? 소맨가? 대포의 총구 같지 않은가. 허허! 위나 아래나 똑같은 꼴이 꼭 애플파이 같잖아. 여기를 싹, 저기를 동강, 온통 여기저기를 이렇게 잘라내어 이건 흡사 이발관의 주전자 꼬락서니 같다. 여보 재봉사, 대관절 이건 뭐라는 물건이오?

호텐쇼 (방백) 이래 가지고는 모자고 의복이고 부인 손에 들어가지 못할 것 같은데.

재봉사 주문하실 때에 유행에 맞춰서 잘 만들라고 말씀하셨잖습니까.

페트루치오 물론 그렇게 말했지. 허나 생각 좀 해봐요. 그래, 누가 어디 유행에 맞춰서 물건을 못 쓰게 만들라고 그랬나. 썩 물러가서 빈민굴이나 찾아다니라고. 이제 내 집엔 드나들지 마라. 그따위 물건은 필요 없으니까. 어서 싸가지고 돌아가요.

캐터리너 하지만 전 이렇게 좋은 물건은 처음이에요. 멋지고, 최신 유행이고, 어디로 보나 맘에 들어요. 당신은 절 꼭두각시 취급하실 참이세요?

페트루치오 글쎄 말이오. 재봉사가 당신을 꼭두각시 취급하고 있구려.

재봉사 아닙니다. 나리께서 부인을 꼭두각시 취급하신다고, 부인은 말씀하셨습니다.

페트루치오 요 건방진 자식 좀 보게. 거짓말 마라! 이 실오라기 같은 자식, 요 골무 같은 자식, 요 석 자·두 자·한 자 가웃·여덟 치·두 치 같은 자식, 벼룩 같은 자식, 겨울철의 귀뚜라미 같은 자식아, 그래 내 집에 와서 실타래를 휘두를 참이냐? 썩 나가, 요 넝마 같은 자식, 눈곱만한 실오라기 같은 자식아, 어물어물하고 있으면 네 잣대로 갈겨 줄 테다! 그래 죽는 날까지 그렇게 서서 조잘댈 참이냐? 아씨의 옷을 요렇게 못 쓰게 만들어 놓는 법이 어디 있어.

재봉사 나리께서 무슨 착각을 하시고 계시나 봅니다. 이 옷은 나리께서 주문하신 그대로 만들었습니다. 그루미오가 그렇게 만들라는 주문을 전달해 왔습죠.

그루미오 난 아무 주문도 전달하지 않았는뎁쇼. 다만 옷감을 갖다줬을 뿐입니다.

재봉사 하지만 어떻게 만들라고 말하지 않았소?

그루미오 그야 말했죠. 바늘과 실을 가지고 하라고요.

재봉사 하지만 재단하라고 요구 안했단 말이오?

그루미오 참 무던히 많이도 붙여 댔구먼.

재봉사 그렇소.

그루미오 날 책하지 말아요. 당신은 지금까지 여러 사람들을 얕봐 왔지만, 날 얕보진 마라. 난 만만하게 문책을 당하거나 얕잡히거나 할 사람은 아냐. 잘 들어 두시오. 나는 당신 주인네 보고 옷을 조각내 달라곤 부탁 하지 않았어. 그러니까 당신은 거짓말쟁이란 말이오.

재봉사 그럼 여기 증거가 있소. 어떤 양식으로 만들라는 쪽지 말이오.

페트루치오 어디 읽어 봐.

그루미오 그 쪽지는 새빨간 거짓말일걸, 내가 그런 말을 했다고 적혀 있다면.

재봉사 (읽는다) '첫째 헐렁한 부인복을 만들 것'

그루미오 주인님, 제가 헐렁한 부인복을 주문했다면, 절 그 스커트 속에 꿰매놓고, 실패로 저를 때리셔도 좋습니다. 전 그냥 부인복이라고만 했습니다.

페트루치오 다음을 읽어 봐.

재봉사 '원형의 작은 케이프를 달 것'

그루미오 케이프라고는 확실히 말했습니다.

재봉사 '소매는 멋지게 재단할 것'

페트루치오 거기다. 거기가 돼먹지 않았단 말이야.

그루미오 이 쪽진 엉터립니다. 내가, 이렇게 이르지 않았어? 소매는 재단해 가지고 다시 꿰매라고. 여보 재봉사, 당신은 그 작은 손가락을 골무로 무장하고 있지만, 일은 일대로 좀 따져 봐야겠어.

재봉사 제가 한 말은 참말입니다. 가 있을 곳에 나가만 보면 당신도 알게 될 겁니다.

그루미오 그럼 자, 나가 보자구. 칼 대신 그 쪽지를 갖고. 잣대는 이리 줘. 자, 덤벼.

호텐쇼 아이고 여보게 그루미오! 그래서야 재봉사가 불리하지 않겠나.

페트루치오 어쨌든 좋아, 요는 그 옷은 내 취미에 맞지 않아.

그루미오 딴은 그러실 테죠, 그건 아씨님 것이니까요.

페트루치오 도로 가지고 가서 자네 주인 마음대로 처분하라고 해요.

그루미오 제기랄, 그건 절대로 안 돼. 우리 아씨님 옷을 당신 주인 마음대로 할 수 있을 것 같아!

페트루치오 아니 그건 또 무슨 뜻이냐?

그루미오 아, 거기엔 좀 까닭이 있습니다. 글쎄 아씨님 옷을 저 작자 주인네가 함부로 써서야 어디 되겠습니까! 다, 당치도 않은 일이지.

페트루치오 (작은 소리로) 여보게 호텐쇼, 재봉사하고 대금 얘기 좀 해주게. (큰 소리로 재봉사를 보고) 자, 가지고 가요, 어서. 이제 말도 하기 싫으니까.

호텐쇼 (작은 소리로) 여보 재봉사, 옷 대금은 내일 치러 드리리다. 저분의 성미 급한 말을 과히 오해는 마시

오. 자, 이제 가보시오. 그리고 당신 주인한테 안부 전하시오. (퇴장)

페트루치오 자 그럼 케이트, 부친한테 가 봅시다. 이 옷을 그냥 입고 갑시다. 수수하지만 건실하잖소. 지갑은 두둑하고 의복만이 빈약할 뿐이오. 육체를 풍부하게 하는 것은 뭐니뭐니 해도 정신이오. 태양이 시커먼 구름을 헤치고 비치듯이 의복이 아무리 남루해도 덕은 저절로 비쳐 보이고 마는 법이오. 여치의 깃털이 아무리 곱다고 종달새보다 소중히 여겨지지는 않거든. 얼룩진 껍질이 보는 눈에 든다고 해서 독사를 장어보다 좋다 할 사람은 없소. 이봐요 케이트, 그것과 마찬가지로 가구가 빈약하고 의복이 천하다고 해서 당신을 얕볼 사람은 없소. 그런 것이 창피하다면, 다 내 책임으로 돌리구려. 자 그럼 기운을 내고, 당장 친정집으로 돌아가서 한번 흥청대고 잔치를 열어 봅시다. 누구 가서 하인들을 불러오너라. 우리 당장 떠납시다. 말은 롱 레인 길 모퉁이에다 매둬라. 거기서부터 타고 가겠다. 자, 그곳까진 걸어서 갑시다. 지금 일곱시쯤 됐나 본데, 우린 점심때까진 도착할 거요.

캐터리너 아니 지금은 벌써 두시예요. 저녁 식사 전에는 도착하지 못할 거예요.

페트루치오 말 있는 곳까지 가면 일곱시가 될 거요. 원 당신은 내 말과 행동과 생각을 일일이 트집잡는구려. 여봐라, 그만두자. 오늘은 가지 않겠다. 내가 말한 대로의 시간이 아니면 나는 떠나는 건 그만두겠다.

호텐쇼 아니, 이 호걸은 태양에게조차 호령을 하겠다는 거로군. (모두 퇴장)

제 4 장

패듀어의 광장
트래니오, 빈센쇼로 가장한 교사 등장. 교사는 이 지방에 방금 도착한 것처럼 장화를 신고 있다. 두 사람이 바프티스타의 집으로 다가간다.

트래니오 이 집이 그 댁입니다. 좀 들렀다 가도 괜찮겠습니까?

교 사 그러기 위해서 이렇게 온 것이 아닌가? 바프티스타님은 박정한 인간이 아니라면, 날 기억하고 있을는지 모르지. 거의 이십 년 전 제노바에서 일이지만 페가서스라는 여관에 같이 든 일이 있었어.

트래니오 됐습니다. 어떤 경우라도 그 식으로 해주시고, 아버지같이 위엄을 내주십시오.

교 사 걱정 마라. (비온델로 등장) 아, 저기 자네 하인이 오는구먼. 저 작자한테도 얘기해 두는 것이 좋을 것 같은데.

트래니오 염려 마십시오. 이봐 비온델로, 부탁하네. 알았나, 이분을 진짜 빈센쇼 나리같이 생각하란 말이야.

비온델로 예, 염려 마십시오.

트래니오 헌데 바프티스타 댁에 심부름은? 잘 전했나?

비온델로 예, 갖다 전했습니다. 아버님께서 베니스에 와 계신데 오늘 패듀어에 오시기로 하셨다는 심부름을.

트래니오 아, 그래야지. 자, 이거 가지고 가서 술이나 마셔요. (돈을 준다. 문이 열리고 바프티스타가 나타난다. 그 뒤에 루센쇼) 바프티스타가 오는구나. 자, 아버진 체하십시오. 바프티스타님, 마침 잘 만났습니다. (교사에게) 아버지, 이분이 제가 말씀드린 분입니다. 자, 아버지로서 인사 말씀을. 그리고 부디 비안카 양과 결혼하게 해주십시오.

교 사 애, 넌 좀 가만 있거라. 초면에 미안한 말씀입니다만, 이번에 빌려준 돈을 받을 것이 있어 패듀어까지 오게 됐습니다. 자식놈 루센쇼의 말을 듣자니, 자식놈과 댁의 따님 사이에 사랑이라는 중대사가 벌어졌다나 보죠. 댁의 성함은 나도 평소부터 듣고 있고, 자식놈은 댁의 따님을 사랑하고 있고, 그리고 따님도 우리 애를 사랑한다고 하니까, 자식놈을 너무 애태워 주는 것도 뭣하고 하니, 아버지 입장으로서 결혼을 시키는 것이 좋을까 하오. 그러니 댁에서도 별 이의가 없으시다면, 확실한 약속 아래 따님에게 줄 유산 건을 즐거이 동의하겠습니다. 명성이 자자하신 바프티스타님이고보니,

내가 댁의 뒤를 캐볼 필요는 없을 것 같습니다.

바프티스타 미안한 말씀이나 나도 한 마디 말씀드릴까 합니다. 댁의 솔직하고 간명한 인사 말씀 참 기쁩니다. 사실 댁의 아드님 루센쇼는 내 딸애를 사랑하고 있고, 우리 애도 댁의 아드님을 사랑하는 것 같습니다. 그리고 둘이 다 외관상으로만 사랑하고 있는 건 아닌 것 같습니다. 그러니까 이 말씀만 해주시면 되겠습니다. 즉 아버지로서 아드님과 합의하셔서 우리 딸애에게 충분한 유산을 주시겠다는 말씀만 해주시면, 이 결혼은 성립된 거나 마찬가지고 만사는 순조롭게 이루어지겠습니다. 우리 애를 아드님에게 기꺼이 드리겠습니다.

트래니오 감사합니다. 그럼 약혼식은 어디서 하는 것이 가장 좋겠습니까? 그리고 피차간의 계약도 교환해야 하겠는데, 어디서 하면 좋겠습니까?

바프티스타 우리 집은 좀 난처합니다. 아시다시피 물주전자에도 귀가 있다는 말마따나, 집에는 하인들이 많고, 게다가 그레미오 영감쟁이가 항상 엿듣고 있어서, 방해당할 우려가 없지 않으니까요.

트래니오 그러시다면 제 숙소가 어떻겠습니까? 괜찮으신지요. 아버지도 같이 묵고 계십니다. 그럼 오늘밤에 그곳에서 남몰래 일을 치워 버립시다. 사람을 보내서 따님을 오라고 하십시오. (루센쇼에게 눈짓을 한다) 대서인은 내 하인을 시켜서 곧 불러오게 하겠습니다. 다만, 일이 워낙 갑작스러워 놔서 별로 대접도 못해 드리는 것이 참 안됐습니다.

바프티스타　염려 마시오. (루센쇼에게) 여보 캠비오, 얼른 집에 가서 비안카보고 곧 나올 준비를 하라고 전해다오. 그리고 그간의 사정도 좀 전해다오. 루센쇼네 부친이 패듀어에 도착하고, 그애는 루센쇼의 아내가 될 것 같다는 사정 말이오. (루센쇼 퇴장. 그러나 트래니오의 눈짓으로 나무 뒤에 숨는다)

비온델로　아이고 하나님, 제발 그렇게만 되게 해주십사.

트래니오　하나님과 빈들거리지만 말고, 어서 갔다 오라니까. (비온델로보고 루센쇼 있는 곳으로 가라고 눈짓을 한다. 하인이 트래니오 숙소 문을 연다) 바프티스타님, 이리 들어오시겠습니까? 어서 들어오십시오. 요리 한 접시 정도밖에 못 내오게 될는지 모르겠습니다만, 자, 나중에 피사에 오시면 메워 드리겠습니다.

바프티스타　그럼 따라 들어가기로 하죠. (트래니오, 바프티스타, 교사 들어간다. 루센쇼와 비온델로가 앞으로 나온다)

비온델로　여보, 캠비오!

루센쇼 왜 그래, 비온델로?

비온델로 우리 주인이 나리에게 눈짓을 하며 웃고 가는 것 보셨죠?

루센쇼 그래, 그게 어쨌단 말이냐?

비온델로 아무것도 아닙니다. 하지만 우리 주인은 그 눈짓과 신호의 의미와 뜻을 절 보고 여기 남아 있다가 나리께 설명해 드리라고 하던뎁쇼.

루센쇼 그럼 그걸 좀 풀어다오.

비온델로 이렇습니다. 바프티스타는 가짜 아들에 관해서 가짜 아버지와 회담중입니다.

루센쇼 그래서 그분이 어쨌단 말이지?

비온델로 그분의 따님을 나리보고 식사에 데리고 오시라는뎁쇼.

루센쇼 그래서?

비온델로 성 누가 교회의 늙은 목사님이 기다리고 있는 중입니다. 언제든지 일을 봐드리려고요.

루센쇼 그래서 대관절 어떻게 되는 거지?

비온델로 모르겠습니다. 저는 이것밖에 모릅니다. 글쎄 지금 다들 모여서 가짜 계약 작성에 바쁘십니다. 나리도 어서 아가씨와 계약하십쇼. 글쎄 '판권 독점'을 해 버리십쇼. 어서 교회로 목사님과 서기와 몇몇 상당한 입회인을 데리고 가십시오. 이게 나리가 바랐던 것이 아니라면 이제 전 아무 말도 드리지 않겠으니, 비안카 양에게 가서 영원히 작별 인사나 하시구려. (나가려고 한다)

루센쇼 이봐, 비온델로!

비온델로 저는 어물거릴 순 없습니다. 전 이런 얘길 알고 있어요. 글쎄 토끼에게 먹이려고 마당으로 양미나리를 뜯으러 간 색시가, 그날 저녁때는 벌써 시집을 갔더라나요. 나리도 그렇게 하시면 좋잖아요. 그럼 안녕히 계십시오. 전 주인 명령으로 성 누가 교회로 가봐야겠습니다. 가서 목사님보고 나리가 하인들을 거느리고 오시기 전에, 나오실 준비를 해놓으라고 전해야겠습니다.

루센쇼 나도 그렇게 해주길 바라고말고, 그녀만 따라 준다면, 그녀는 좋아할거야. 그렇다면 내가 염려할 필요는 없지. 일이 어떻게 되든간에 나는 가서 그녀에게 솔직히 얘기를 해야겠어. 이제 이 캠비오는 그녀 없이는 도저히 살아나갈 수 없으니까. (퇴장)

제 5 장

패듀어로 통하는 가도의 산길

페트루치오, 캐터리너, 호텐쇼, 하인들 길가에서 쉬고 있다.

페트루치오 자, 갑시다. 이제 당신 친정집도 그리 멀지 않소. 헌데, 거 참 밝고 굉장한 달이구먼!

캐터리너 달이라고요! 태양이에요. 지금 이맘때에 달이 다 뭐예요!

페트루치오 글쎄 저건 밝디밝은 달이라니까그래.

캐터리너 아녜요, 저건 밝고밝은 태양이에요.

페트루치오 아, 우리 어머니의 아들, 즉 나 자신에 두고 단언하지만 저건 달이오, 별이오. 아니, 내가 바라는 뭣이든지요, 적어도 당신 친정집에 도착할 때까지는. (하인에게) 여봐라, 말머리를 돌려라. 일일이 내게 반대하는구먼, 정말이지 반대할 줄밖에 모르는구먼!

호텐쇼 (작은 목소리로 캐터리너에게) 그렇다고 해두세요. 안 그러면 어느 세월에 도착할지 모르겠으니까요.

캐터리너 그럼, 제발 갑시다. 기왕에 여기까지 왔으니까요. 달이건 태양이건 뭐건 좋아요. 촛불이라고 하셔도 이제부턴 그렇다고 해둘 테니까요.

페트루치오 글쎄, 달이라니까.

캐터리너 네, 달이에요.

페트루치오 아니야, 당신은 거짓말쟁이야. 분명히 저건 태양이오.

캐터리너 아, 그러시다면, 확실히 저건 태양이에요. 하지만 당신이 태양이 아니라고 말씀하시면, 물론 태양이 아니고말고요. 달님은 변하니까요, 당신 말같이. 당신이 이것이라고 이름 지으시면 그것이 돼요. 그리고 저도 그렇게 부를 테에요.

호텐쇼 (낮은 음성으로) 페트루치오, 이제 가세, 자네가 이겼네.

페트루치오 그럼, 가보자꾸나, 앞으로! 그야 공은 굴러 내려가는 법, (캐터리너의 팔을 잡는다) 순순히 자연을 따라야지……. 헌데 가만 있자, 이게 누구냐? (빈센쇼가 여장을 차리고 산길을 반대쪽에서 올라오고 있다. 빈센쇼에게) 안녕하세요 아가씨, 어딜 가세요? 여보 케이트, 참말이지 이렇게 싱싱한 귀부인을 본 적이 있소? 저 볼좀 봐요. 흰 것과 빨간 것이 다투고 있는 것 같잖소! 천사 같은 얼굴에 저렇게도 어울리는 저 두 눈, 그 어떤 별도 저렇게 아름답게 밤하늘을 비추진 못할 것 아니오? 아름다운 아가씨, 다시 한번 인사합니다.

여보 케이트, 저렇게도 아름다운 분을 좀 포옹해 드리구려.

호텐쇼 (방백) 노인을 여자 취급하다니, 저 사람을 미치게 할 작정인가?

캐터리너 망울같이 젊은 아가씨, 예쁘고 싱싱하고 아름다운 아가씨, 어딜 가세요? 집은 어디세요? 이렇게 예쁜 따님을 가진 부모님은 행복하실 거야. 그리고 별 아래 태어나서 아가씰 침실 동무로 삼을 수 있는 남자는 참 얼마나 행복할까!

페트루치오 아니 여보, 당신이 미치지나 않았소? 이분은 노인이 아니오? 주름살이 잡히고 시들고, 생기는 없고 말이오. 아가씨라고? 어림없는 소리요.

캐터리너 할아버지, 용서해 주세요, 네. 어찌나 태양빛이 눈부신지 모두가 초록으로만 보이는 바람에 그만 제가 잘못 봤어요. 이제 자세히 보니 참 나이 잡수신 할아버지시군요. 용서해 주세요, 네. 제가 그만 큰 실수를 했군요.

페트루치오 영감님, 용서해 드리세요. 헌데 어디까지 가시는 길인지 좀 가르쳐 주실 수 없습니까? 같은 방향이라면 기꺼이 동행해 드리겠습니다.

빈센쇼 아, 두 분은 참 재미있는 분이구려. 하도 인사가

묘한 바람에 난 깜짝 놀랐소이다. 난 (머리를 숙인다) 빈센쇼라는 사람인데, 피사에 살고 있습니다. 지금 패듀어로 가는 중이외다. 한참 동안 만나보지 못한 자식 놈을 찾아가는 길이외다.

페트루치오 아드님 이름은?

빈센쇼 루센쇼라고 합니다.

페트루치오 잘 만났습니다, 더구나 아드님을 위해서. 헌데 법적으로 봐서나, 영감님의 연세로 봐서나, 나는 영감님을 정다운 아버지라고 불러야겠습니다. 즉 여기 내 아내의 여동생과 영감님의 아드님은 지금쯤은 결혼이 끝나 있을 겁니다. 놀라지는 마십시오. 슬퍼하지도 마십시오. 참 훌륭한 여성이랍니다. 지참금도 많고, 집안도 좋답니다. 더욱이 어떠한 신사의 아내로서도 부족하지 않을 만한 자격을 갖추고 있는 여성이랍니다. 자, 빈센쇼 영감님, 우리 포옹을 합시다. (두 사람이 포옹을 한다) 그럼 아드님을 만나러 갑시다. 아버지의 도착을 아드님은 퍽 기뻐할 것입니다.

빈센쇼 그게 정말이오? 장난은 아니오? 유쾌한 여행가들이 아무나 만나면 장난을 거는 그런 수작은 아닌가요?

호텐쇼 영감님, 내가 보증하겠습니다. 장난은 아닙니다.

페트루치오 아무튼 가보십시다. 가보심 판명될 거니까요.

만나자마자 장난을 해봐서 믿지 못하시는 모양이구려. (호텐쇼만 남고 다 퇴장)

호텐쇼 음 페트루치오, 인제 나도 용기를 얻었어. 그 미망인한테 그런 수법을 써봐야지. 상대방이 고집 센 여자라면 이쪽은 자네한테 배운 대로 억세게 나가야지. (산길을 뒤따라 올라간다)

제 5 막

제 1 장

패듀어의 광장

그레미오가 나무 그늘에 앉아서 졸고 있다. 바프티스타의 집 문이 가만히 열리고 비온델로 등장. 그 뒤에 가장을 벗은 루센쇼와 몸을 싼 비안카가 등장

비온델로 (낮은 소리로) 가만히 얼른 오십시오. 목사님도 대기하고 계십니다.

루센쇼 난 지금 날고 있어, 비온델로. 넌 집으로 돌아가라, 누가 널 찾을지도 모르니까. (이렇게 말하고 비안카와 둘이서 황급히 퇴장)

비온델로 (뒤를 쫓아가면서) 아니지, 교회로 안전하게 들어가시는 거나 보고 나서 얼른 돌아가야지.

그레미오 (일어서면서) 웬일일까, 캠비오가 아직까지 돌아오지 않으니.

이때 페트루치오, 캐터리너, 빈센쇼, 그루미오, 하인들 등장. 모두들 트래니오의 숙소로 다가간다.

페트루치오 여기가 현관입니다. 루센쇼의 숙소입니다. 우리 장인 집은 시장 쪽으로 좀더 가야 합니다. 난 그리

로 가봐야겠습니다. 그럼 여기서 실례하겠습니다.

빈센쇼 아니 한 잔 드시고 가시오. 댁을 좀 대접해 드리게 하겠소이다. 아마 그만한 것은 준비되어 있을 것이오. (노크를 한다)

그레미오 (다가와서) 안에선 바쁜 모양이오. 좀더 세게 노크하셔야 될 것 같습니다. (페트루치오가 세게 노크를 한다)

창으로 교사가 내다본다.

교 사 누구요, 노크하는 분이? 문을 부술 작정이오?

빈센쇼 루센쇼는 안에 있소?

교 사 있긴 있소만, 아무도 만나지 못합니다.

빈센쇼 즐겁게 살도록 백 파운드나 이백 파운드의 돈을 가지고 왔어도요?

교 사 그런 돈일랑 잘 간수해 두시구려, 내가 살아 있는 동안은 그애는 그런 것이 필요 없으니까.

페트루치오 자 보세요. 아드님은 패듀어에서 대단한 인기잖습니까? (교사를 보고) 여보, 그런 경솔한 수작은 그만두고, 루센쇼에게 좀 전해주오. 피사에서 부친이 오셔서 지금 현관에서 기다리고 계시다고 말이오.

교 사 거짓말이오. 그애 아버지는 벌써 패듀어에 도착해서, 지금 이렇게 창 밖을 내다보고 있소.

빈센쇼 그럼 당신이 그애 아버지란 말이오?

교 사 바로 그렇소, 그애 어머니가 그렇다더군요. 글쎄 어느 정도 믿을 만한 말인진 몰라도요.

페트루치오 (빈센쇼에게) 대체 어떻게 된 영문이오? 여보, 이건 너무 악질적이오. 남의 이름을 참칭하다니.

교 사 그 악당을 잡아주시오. 그놈이 아마 내 이름을 참칭해 가지고 이 도시에서 누굴 사기해 먹을 배짱인 것 같소.

비온델로가 돌아온다.

비온델로 (혼잣말로) 두 분은 무사히 교회로 들어가셨어. 제발 하나님의 복을 받으십시오! 아니 저분들은? 큰 주인양반 빈센쇼 나리가 아니신가! 아이고 이젠 글렀다, 글렀어.

빈센쇼 (비온델로를 보고) 이놈, 이리 와, 이 죽일 놈 같으니.

비온델로 (그 옆을 지나가면서) 실례하겠습니다.

빈센쇼 (비온델로를 부른다) 이 악당 같으니, 이리 썩 오지 못해? 네가 그래 날 잊었단 말이냐?

비온델로 잊었느냐고요? 천만에요. 잊을 리가 있겠습니까, 생전 보지 못한 분을.

빈센쇼 아니, 요 나쁜놈 좀 보게. 네 주인의 아버지인 나를 생전 보지 못한 분이라고?

비온델로 제 주인 아버지 말씀입니까? 예, 그야 잘 알고 있습죠. 저기 문밖을 내다보고 계시는 바로 저분입니다.

빈센쇼 정 그럴 테냐?

비온델로 사람 살리슈, 사람 살려! 미치광이가 사람 죽인다네. (달아나버린다)

교 사 얘 아들아, 좀 도와줘라. 바프티스타님, 좀 도와주시오. (창문을 닫고 들어가 버린다)

페트루치오 이봐 케이트, 우린 비켜 서서 어떻게 되어 가는가 좀 보기로 합시다. (나무 밑에 앉는다)

교사가 하인들을 데리고 나온다. 그 뒤에 바프티스타와 트래니오, 몽둥이를 들고 나온다.

트래니오 대관절 누군데 내 하인을 때리려고 하는 거야?

빈센쇼 누구냐고! 아니, 넌 누구냐? 허, 기가 막혀, 요 망할 녀석 좀 보게! 비단 윗도리에, 빌로드 바지에, 새빨간 외투, 운두 높은 모자에! 아이고 내 신세 좀 보게, 내 신세 좀 봐! 집에서 아비가 열심히 절제하고 있는 터에, 자식놈과 하인놈은 유학한답시고 돈을 탕진하고 있다니.

트래니오 대체 이건 뭐야?

바프티스타 아니 미친 사람인가요?

트래니오 여보, 당신은 옷차림으로 봐서는 점잖은 노인 같은데, 하는 말로 봐서는 미치광이로밖에 안 보이는 구려……. 헌데 여보, 내가 진주와 금을 달고 있건말 건 무슨 상관이오? 이것도 우리 아버지 덕택인데 이러고저러고 할 건 없잖소.

빈센쇼 아버지 덕택이라고! 이 녀석아, 네 애비는 버가모에서 돛을 만들고 있잖냐.

바프티스타 사람을 잘못 본 것 아니오…… 대체 저 사람이 누군 줄 아시오?

빈센쇼 누군 줄 아냐고요? 내가 저 녀석을 모를 줄 아오? 난 저 녀석을 세 살 때부터 길러왔소. 트래니오지 누구란 말이오.

교 사 가시오, 가. 미친 바보 같은 작자가! 이름은 루센쇼고, 이 빈센쇼의 외아들이며 상속자라오.

빈센쇼 루센쇼라고! 아이고 그럼 이 녀석이 내 아들을 죽여버린 게로군! 자, 공작님의 이름으로 널 체포하겠다! 아이고 내 아들, 내 아들아……. 이 녀석아 말해봐라. 내 아들 루센쇼는 어디 있냐?

트래니오 순경 좀 불러와요……. (이때 순경이 나타난다) 이 미치광이를 감옥에 좀 처넣어 주세요. 장인님, 이 작자를 감옥으로 보내도록 수속 좀 해주십시오.

빈센쇼 날 감옥으로 보낸다고?

그레미오 순경님, 잠깐만. 감옥으로 데리고 갈 것까진 없을 것 같소.

바프티스타 참견 마시오, 그레미오님은. 이잘 기어이 감옥으로 보내야겠으니까.

그레미오 조심하시오, 바프티스타님. 괜히 속지 마시고. 내가 보기엔 이분이 진짜 빈센쇼 같으니까.

교 사 정 그렇게 생각한다면 어디 맹세를 해보구려.

그레미오 아니오, 맹세까진 할 수 없소.

트래니오 그렇다면 내가 루센쇼가 아니라는 말씀이신가요.

그레미오 아니오, 당신은 틀림없이 루센쇼님이오.

바프티스타 요 주착없는 영감쟁이도 저 늙은이와 함께 감옥으로!

빈센쇼 낯선 고장에 가면 흔히 이렇게 욕을 보곤 하지. 아이고 지독한 악당 같으니!

비온델로가 루센쇼와 비안카를 모시고 등장

비온델로 아이고 이제 뒤죽박죽입니다. 저기 보십시오, 아버님이! 모르는 체하시고 남이라 잡아떼십시오. 안 그러시면, 만사는 영 깨지고 맙니다.

루센쇼 (무릎을 꿇고) 용서해 주십시오, 아버지.

빈센쇼 내 아들아, 살아 있었니?

비안카 (무릎을 꿇고) 용서해 주세요, 아버님. (이때 비온델로, 트래니오, 교사, 허겁지겁 루센쇼의 숙소로 도망)

바프티스타 아니 네가 무슨 잘못을 했단 말이야? 헌데 루센쇼는 어디 있는가?

루센쇼 예, 여기 있습니다. 지금 따님과 결혼식을 마치고 왔습니다. 가짜들이 장인님의 눈을 속이고 있는 틈에요.

그레미오 이런 음모가 어디 있어. 우린 죄다 감쪽같이 속아넘어갔구나!

빈센쇼 어디 갔냐, 그 망할 자식 트래니오! 끝까지 뻔뻔스럽게 나한테 대들던 그 트래니오 녀석은?

바프티스타 대체 어떻게 된 영문이야? 자넨 우리 집의 캠비오가 아닌가?

비안카 캠비오가 루센쇼로 변신했어요.

루센쇼 사랑이 이런 기적들을 가져온 것입니다. 비안카를 향한 사랑이 제 신분을 트래니오와 바꾸게 하고, 그 동안 트래니오는 이곳에서 제 역할을 하고 다닌 것입니다. 덕분에 전 마침내 행복의 항구에 도착했습니다 ……. 트래니오의 소행은 모두 제가 시킨 것입니다. 그러니 아버님, 절 용서해 주십시오.

빈센쇼 그 자식의 코를 찢어 놓을 테다. 감히 날 감옥에 보내겠다고.

바프티스타 하지만 여보, 그럼 당신은 내 승낙도 없이 내 딸과 결혼을 한 것이 되잖소?

빈센쇼 염려 마시오, 바프티스타님. 소원대로 해드리리다. 그럼 안에 들어가서 그 악당 녀석을 좀 혼내줘야지. (루센쇼네 집 문을 열고 들어간다)

바프티스타 나도 가만 있을 순 없지. 이 음모의 밑바닥을 캐봐야지. (자기 집으로 들어간다)

루센쇼 이봐 비안카, 그렇게 핏기 없는 안색으로 두려워하지 말아요. 우리 아버지는 화내시진 않으실 거야. (두 사람은 바프티스타의 뒤를 쫓아간다)

그레미오 내 과자만 덜 구워졌구나. 하지만 나도 같이 들어가 보자. 희망은 없어졌어도 음식이나 좀 얻어먹자꾸나. (뒤따라 퇴장)

페트루치오와 캐터리너, 일어선다.

캐터리너 여보, 우리도 들어가 봐요. 이 소동이 어떻게 되는지를 좀 구경하게요.

페트루치오 먼저 키스를. 그리고 나서 가봅시다.

캐터리너 아니 이렇게 한길에서요?

페트루치오 그럼 상대가 나여서 창피하다는 거요?

캐터리너 아녜요, 천만에요. 키스하기가 부끄러워서요.

페트루치오 좋소, 그럼 도로 집으로 돌아갑시다. (하인에게) 여봐라, 돌아가자.

캐터리너 아녜요, 그럼 키스해 드릴게요. 제발 돌아가시진 말아 주세요, 네. (키스한다)

페트루치오 이게 좋잖어? 자 가요, 케이트. 뭐나 부딪쳐 보는 거지. 글쎄 망설이면 못 쓴단 말씀이야. (두 사람이 바프티스타의 집으로 들어간다. 캐터리너는 페트루치오의 팔에 매달려 있다)

제 2 장

루센쇼네 집 어느 방

하인이 방문을 연다. 바프티스타, 빈센쇼, 그레미오, 교사, 비안카, 페트루치오, 캐터리너, 호텐쇼, 미망인, 차례로 등장. 끝으로 트래니오와 하인들이 주안상을 들고 등장.

루센쇼 상당히 오래 끌어왔지만, 마침내 불협화음도 장단이 맞아들고 격전도 끝난 이 마당에, 웃으면서 구사일생의 위험한 이야기를 돌이켜 본다고나 할까요……. 이봐요, 비안카, 아버지를 잘 환영해 주시오. 나도 당신 아버지를 잘 대접하리다. 페트루치오 형님과 캐터리너 처형, 그리고 호텐쇼와 같이 오신 아름다운 미망인, 자, 마음껏 드십시오. 다 잘 오셨습니다. 이 주안상은 아까 그 큰 법석 뒤에 위를 좀 채우기 위해서입니다. 자 여러분, 앉으십시오. 이제 앉아서 먹으면서 얘기나 합시다. (다 좌석에 앉는다. 하인들이 술을 따르고, 과실 등을 차려 놓는다)

페트루치오 이거 앉아서 먹자판이군요.

바프티스타 여보게 사위 페트루치오, 이 호의는 패듀어가 베푸는 것일세.

페트루치오 딴은 패듀어는 호의밖에 베풀 수 없으니까요.

호텐쇼 저희들 내외를 위해서도, 그 말씀이 진실이기만 바랍니다.

페트루치오 아니, 호텐쇼, 자네가 미망인께 겁이 나는 모양이지.

미망인 천만에요, 제가 겁을 내다뇨.

페트루치오 댁은 생각이 있으신 분인 줄 알았는데 내 말을 잘못 들으셨군요. 내 말은 호텐쇼가 댁을 무서워한다는 뜻입니다.

미망인 현기증이 나는 사람은 세상 쪽이 돌고 있는 줄 아나보죠.

페트루치오 빙 돌려서 대답을 하시는군요.

캐터리너 마님 잠깐만, 아까 그 말씀 무슨 뜻이에요?

미망인 글쎄, 페트루치오님을 보니 생각이 나서요.

페트루치오 날 보니 생각이 나서라고요! 그런 말씀, 호텐쇼 앞에서 하셔도 괜찮습니까?

호텐쇼 아냐, 미망인의 말은 자네를 보니 그런 말이 생각났다는 뜻이야.

페트루치오 됐소. 그럼 미망인께서 키스해 드리시오.

캐터리너 '현기증이 나는 사람은 세상 쪽이 돌고 있는 줄 아나보죠'라는 말의 뜻을 좀 얘기해 주세요, 네?

미망인 글쎄, 댁의 남편은 말괄량이한테 욕을 보고 계시잖아요. 그래서 자기의 비참한 심정으로 남의 남편의 사정도 그러려니 하고 생각한다는 뜻이에요. 이제 아시겠어요?

캐터리너 참 시시하군요.

미망인 그럼 당신이 그렇잖은가요.

캐터리너 그야 난 그렇고 그렇죠, 당신에 비하면.

페트루치오 케이트, 이겨라!

호텐쇼 미망인, 이겨라!

페트루치오 백 마르크 걸겠어. 케이트는 미망인을 쓰러뜨리고 말걸.

호텐쇼 쓰러뜨리는 건 내가 할 일이야.

페트루치오 자네가 할 일이라고. 참 말 잘했어. 자, 건배다! (호텐쇼와 건배한다)

바프티스타 어떻게 생각하오, 그레미오님, 기지를 속사포같이 쏘아대는 저 사람들을?

그레미오 정말이지, 멋지게 머리빡으로 들이받는군요.

비안카 머리빡으로라고요. 하지만 기지가 날카로운 분 같으면 머리빡으로 들이받는다고 하지 않고, 뿔로 들이받는다고 할 거예요.

빈센쇼 원 아가, 너까지 기지에 눈을 떴니?

비안카　네, 하지만 놀라서 눈을 뜬 건 아녜요. 그러니까 금방 또 잠이 들 거예요.

페트루치오　그렇게는 안 될걸요. 처제가 먼저 시작하지 않았소? 그러니 한두 개 좀더 짭짤한 기지 좀 안 받아 보시겠소?

비안카　그럼 제가 형부의 새〔鳥〕가 되는가요? 그럼 다른 덤불로 옮겨가겠어요. 자, 활을 들고 쫓아오세요. 여러분 다 잘 오셨어요. (일어나서 모두에게 인사를 하고 방을 나가버린다. 캐터리너와 미망인이 그 뒤를 따라 퇴장)

페트루치오　보기 좋게 선수를 당했구먼. 여봐 트래니오, 저건 자네가 노린 새였지, 허기야 자네는 맞히지 못했지만. 자, 그러니 맞힌 사람이나 못 맞힌 사람 모두를 위해서 건배다.

트래니오　아 그거야, 루센쇼님이 절 사냥개같이 풀어 놨기 때문에, 이쪽은 먼저 뛰어가서 주인님을 위해 사냥을 해온 셈입니다.

페트루치오　멋진 비유 솜씨군. 하지만 좀 치사스럽군.

트래니오　하지만 댁은 손수 사냥을 하셨지만 사냥하신 그 사슴한테 물리고 계신 모양이던데요.

바프티스타　아이고 페트루치오, 트래니오한테 한 대 얻어 맞았네그려.

루센쇼 고마워, 트래니오, 멋있게 복수를 해줘서.

호텐쇼 이제 손 들게, 손 들어. 정통으로 얻어맞았잖나.

페트루치오 약간 할퀴었다고나 해둘까. 그런데 나를 겨냥한 그 농담이 빗나가서, 곧장 자네들 두 사람을 찌른 걸 자네들은 모르고 있군그래.

바프티스타 이봐 페트루치오, 섭섭한 이야기지만 자네는 세상에 둘도 없이 지독한 말괄량이를 얻어가지 않았는가.

페트루치오 절대로 안 그렇습니다. 어디 그 증거로 각기 자기 아내를 불러 보기로 합시다. 불러서 금방 오는 아내가 가장 순한 아냅니다. 그 남편이 우리가 거는 돈을 다 갖기로 합시다.

호텐쇼 좋아. 얼마씩 걸까?

루센쇼 이십 크라운씩!

페트루치오 이십 크라운! 매나 사냥개한테도 그정도 돈을 걸지는 않아. 아내라면 그 이십 배는 걸어야지.

루센쇼 그럼 백 크라운으로 하세.

호텐쇼 좋아.

페트루치오 좋아. 그렇게 하지.

호텐쇼 누가 먼저 하겠나?

루센쇼 내가 먼저 하겠어. 여봐 비온델로, 가서 아씨보고 내가 좀 나오시란다고 그러게.

비온델로 예.

바프티스타 이봐 사위, 건 돈의 절반은 내가 책임져 줌세. 비안카는 금방 나올 거야.

루센쇼 반 몫은 싫습니다. 제가 온 몫 책임지겠습니다. (비온델로가 돌아온다) 오 돌아왔구나, 뭐라고 하시던?

비온델로 예, 아씨 말씀이, 지금 바빠서 나갈 수 없다고 그러던뎁쇼.

페트루치오 아! 바쁘다고, 그래서 나올 수 없다고! 그게 대답이지?

그레미오 아, 여간 친절한 대답이 아니구먼. 제발 당신 아내한테서는 그보다 더 나쁜 대답이나 받지 않도록 하나님께 기도나 드리구려.

페트루치오 난 그보다는 좋은 대답을 받을 거요.

호텐쇼 여봐 비온델로, 가서 내 아내보고 곧 좀 와달란다고 전해. (비온델로 퇴장)

페트루치오 아이고, 와달란다고! 그렇게 청해서야 나오실까.

호텐쇼 좀 뭣한 말이지만, 자네 아내는 청을 해도안 나오잖을까. (비온델로가 돌아온다) 여봐, 내 아내는 어떻게 됐지?

비온델로 무슨 장난을 꾸미고 계신 것 같으니 안 나오시겠다나요. 도리어 나리보고 들어오시라고 하시던뎁쇼.

페트루치오 갈수록 태산이로군. 그러니까 안 나오시겠단 말이지! 제기랄, 이거 어디 참을 수 있겠나! 이것 봐 그루미오, 너 가서 아씨보고 내 명령이니 좀 나오라고 그래라. (그루미오 퇴장)

호텐쇼 대답은 뻔하지.

페트루치오 뭐?

호텐쇼 싫다는 대답 아니겠냐 말이오.

페트루치오 내 경우가 더 나쁜 날엔 볼장 다 본 거지. (이때 캐터리너가 문에 나타난다)

바프티스타 아니, 이거 캐터리너가 나오잖아?

캐터리너 무슨 일로 절 부르셨어요?

페트루치오 비안카는 지금 어디 있소? 그리고 호텐쇼 부인은?

캐터리너 난로 곁에서 수다를 떨고 있는 중이에요.

페트루치오 가서 좀 불러와 주오. 싫다고 하거든 때려서라도 끌고 오란 말이오, 남편들한테로. 자, 얼른 가서 데리고 오라니까. (캐터리너 퇴장)

루센쇼 기적이 있다면 이거 정말 기적인데.

호텐쇼 정말 그렇군. 그런데 이거 무슨 징조일까?

페트루치오 그거야 평화의 징조, 사랑의 징조, 평온한 생활의 징조지. 위엄 있는 지배, 올바른 지배권의 징조지. 요컨대 다른 게 아니라 사랑과 행복, 그것이지 뭐겠나.

바프티스타 아, 여보게 페트루치오, 행복을 고이 안게나! 건 돈은 자네가 땄네. 나도 이천 크라운을 더 보태줌세……. 새딸에게 새 지참금일세. 글쎄 그애가 전혀 다른 사람이 되었으니 말일세.

페트루치오 아니, 난 승리에다 덤을 붙여서 아내의 순종과 새로 지니게 된 정숙함을 보여드리겠습니다.

캐터리너가 비안카와 미망인을 데리고 등장

페트루치오 저것 보게. 고집쟁이 아내들을 여자답게 설복시켜서 포로처럼 데리고 오잖나. 이봐, 캐터리너, 당신 모자는 어울리지 않는구먼. 자, 그 장난감 같은 걸 벗어서 발로 짓밟아 버리구려. (캐터리너 그렇게 한다)

미망인 어머나, 이런 엉터리 수작을 보여주려고 일부러 불러냈어요? 여태껏 이런 바보짓은 처음 봤어요.

비안카 체! 미련하게 이렇게 불러내 가지고 그래, 어쩌자는 셈이에요?

루센쇼 당신이 좀 미련해 줬으면 좋았을 것을. 당신이 선불리 약게 생각한 덕분에 난 백 크라운이나 손해를 봤어, 저녁 식사 뒤에.

비안카 당신은 참 미련도 하셔, 절 미끼로 내기를 거시다니.

페트루치오 이봐 캐터리너, 이 완고한 부인들에게 좀 얘기해 드리시오, 아내된 자는 남편에게 어떻게 해야 하는지를.

미망인 아니, 사람을 조롱하시는군요? 그런 얘긴 듣고 싶지 않아요.

페트루치오 이봐, 얘기해 드리라니까, 먼저 이 부인에게.

미망인 누가 들어 준대요?

페트루치오 이봐, 얘기해 드리라니까. 먼저 이 부인에게.

캐터리너 아, 그 험상궂은 이맛살은 좀 펴고, 그렇게 멸시의 눈매를 하지 마세요. 그건 자기 남편을 상처내는 짓이에요, 임금님이며 지배자이신 자기 남편을. 그뿐 아니라 자기 자신의 미(美)를 망치는 짓이에요, 서리가 목장을 망치듯이. 그리고 자기 이름을 더럽히는 짓이에요, 회오리바람이 아름다운 봉오리를 뒤흔들어 놓듯이. 어느 모로 보나 좋지 않고 애교 있는 짓이 아니잖아요. 성난 여자는 흐린 샘물 같다 할까, 진흙탕 같고, 보기 흉하고, 탁하고, 아름다움도 사라지고, 그러니 아무리 갈증이 나고 목마른 남자라도 감히 마실 생각이나 손 댈 생각은 안 할 거예요. 남편이란 우리의 주인이며, 생명이며, 수호자며, 머리며, 군주예요. 글쎄 아내를 위하여 걱정하시고, 아내를 편히 해주려는 생각으로 바다에서나 육지에서나 뼈아프게 일을 하시잖아요. 태풍 부는 밤이나 혹한에도 안 주무시잖아요. 그 덕에 우리는 집에서 안심하고 아늑하게 누워 있을 수 있는 거예요. 그러나 남편은 아내한테서 다른 공물을 바라지는 않아요, 다만 사랑과 고운 낯빛과 진실한 순종밖에는. 그렇게도 큰 빚에 비하면 지불은 참으로 하찮아요. 신하가 군주에 대해서 진 의무, 그것이 곧 아내된 자의 남편에 대한 의무랄까요. 그렇다면 아내가 고집을 부리고, 짜증을 내고, 시무룩해하고, 불쾌한 얼굴을 하고, 남편의 착한 의사에 반항하는 것은 인자한 군주에게 반역을 꾀하는 망은(忘恩)의 무리가 아니고 뭐겠어요? 평화를 구하여 무릎을 꿇어야 할 경우에 감히 선전 포고를 하거나, 사랑과 순종을 가지고 봉사해야 할 경우에 지배나 권력을 요구하는 것은 여자로서 어리석고 창피한 노릇이에요. 왜 여자의 살결이 부드럽고, 약하고, 매끄럽고, 세상의 고된 일에는 적합하지 않을까요? 역시 우리들의 기분과 마음이 부드러워서 그렇게 육체적 조건과 일치하는 것 아닐까요? 자, 자, 이 무력한 고집쟁이들! 나도, 당초에는 당신네와 마찬가지로 교만하고, 고집세고, 말에는 말로, 고집에는 고집으로 대하곤 했지요. 하지만 마침내 깨닫고 보니 여자의 창(槍)이란 지푸라기 마찬가지로 힘이 약해요. 비교도 되지 않을 정도로 약해요. 아무리 강한 체 해봤자 역시 약해요. 그러니 어서 모자를 벗어요, 그런 용기는 쓸데없으니까요. 그리고 남편 발 밑에 손을 갖다놔요. 남편이 원한다면 난 순종의 증거로 언제든지 남편 앞에 엎드릴 참이에요.

페트루치오 암 그래야지! 자, 키스해 다오, 케이트.

루센쇼 실컷 재미 보게나. 승리는 자네 것이야.

빈센쇼 참 좋은 얘기야, 말 잘 듣는 아이들한테는.

루센쇼 하지만 귀에 거슬릴 겁니다, 고집 센 여자한테는.

페트루치오 자 케이트, 우린 자러 갑시다. 우리 세 사람이 결혼했지만, 자네 두 사람은 낙제네. (루센쇼를 보고) 자네도 쏘아 맞히긴 맞혔지만, 우승자는 나네. 자, 승리자답게 물러가야지. 그럼 안녕히들 주무시오!

호센쇼 그럼 가서 재미 보게. 자네는 지독한 말괄량이를 길들였네그려.

루센쇼 꼭 기적 같군, 실례의 말이지만 그렇게 순한 여자로 길들이다니. (모두 퇴장)

자 료 편

셰익스피어의 시대

셰익스피어가 살았던 무렵의 영국은 대부분 엘리자베스 여왕(재위 1558~1603) 치하였다. 이 르네상스 시기의 영국은 장미 전쟁(1455~85)과 청교도 혁명(1642~49)이라는 영국사에서 가장 비참한 두 개의 내란 틈에 끼인 시기로, 말하자면 폭풍 속에 반짝 비친 햇살과도 같은 시대였다. 랭카스터 가문과 요크 가문의 왕위 쟁탈전인 장미 전쟁의 기억도 차츰 가시고, 그 바로 뒤에 세워진 튜더 왕조가 근대 국가의 밑뿌리를 다졌다. 즉 튜더 왕조 최후의 엘리자베스 여왕에 이르러 중앙 집권 확립이 한결 진척되었으며, 종교면에서는 헨리 8세(재위 1509~47)가 로마 교황과 관계를 단절함으로써 국교화(國敎化)의 길이 열렸다. 1588년에는 로마 가톨릭의 대표국인 스페인의 무적 함대를 격파하고 국위를 크게 떨쳐, 무역도 번창하고 상업도 날로 성해져서 중산계급이 고개를 들기 시작했다.

국력 팽창에 따라 애국심도 높아지고, 신교국으로서 유럽의 구교도 제국과 대립하는 입장에 놓이게 되자 독립국 영국이란 의식은 국민의 마음속에 강하게 뿌리를 내렸다. 또 그것이 자기 나라의 역사에 대한 관심으로 나타났다. 역대의 국왕을 다룬 셰익스피어 사극은 관객의 이와 같은 의식과 흥미를 반영하고 있다.

문화적으로는 대륙에 뒤진 영국이었으나, 16세기 후반, 영국의 문예는 갑자기 활기를 띠어 그때까지의 정체에서 벗어나 일약 세계적 수준에 다다랐다. 시에서는 에드먼드 스펜서, 산문에서는 존 릴리, 희극에서 존 릴리와 로버트 그린, 토마스 키드, 말로우를 배출하고, 외국 문학도 열심히 받아들여 그리스·로마의 고전과 동시대의 외국문학이 속속 번역되었다. 그 중에서도 채프맨이 번역한 호메로스의 영역, 노드가 번역한 플루타크 《영웅전》, 플로리오의 몽테뉴 영역 등이 주목된다. 런던에 처음으로 상설 극장이 세워진 것도 이 무렵(1576)이었다.

즉 당시의 영국은 르네상스가 가져온 인간의 새로운 가능성을 향해 열려진 무한한 세계로 자유로운 시민 정신이 활발하게 개화하기 시작한 시대였다. 따라서 지식욕도 왕성하여 이 세상의 모든 현상에 대해 탐욕스러운 호기심을 느꼈다. 고귀한 사람들의 생활이든 피비린내나는 살육이든 추잡한 농담이든 흥미의 대상이 되지 않는 것이 없었다. 그러나 이 시대를 생명력의 창일(漲溢)과 명랑성만으로 특

징지을 수는 없다. 왕조 교체에 대한 불안, 전환기·변동기에 흔히 볼 수 있는 모순도 이 시대는 안고 있었다. 이른바 명암이 교차하는 복잡한 시대였다.

어두운 면이라고 하면, 1601년 에섹스 백작의 반란(셰익스피어의 후원자였던 사우댐턴 백작도 연좌되어 처형됨)을 경계로 하여 르네상스의 물결을 타고 있던 영국 사회에 그림자가 깃들기 시작했다. 셰익스피어 후기의 작품이 이전의 명랑성을 잃은 것도 그 때문으로 보는 사람도 있다〔풍자 희극의 대가 벤 존슨과 같은 경쟁자가 나타나 이전처럼 극계를 독점할 수 없게 된 것도 사실이며, 보먼트와 피레처라는 합작자(合作者)가 '비희극(悲喜劇)'이라는 것을 유행시켜 호평을 받은 일도 셰익스피어의 작풍에 영향을 주어, ≪심벨린≫이나 ≪겨울밤의 이야기≫ 등은 이 '비희극'의 작풍을 나타내고 있다〕.

엘리자베스 조의 영국에는 새것과 낡은 것이 기묘하게 뒤섞여 있었다. 한편에서는 천 년 이상의 확고한 역사를 가진 중세의 기독교 세계관이 끈덕지게 유지되고 있었다. 우주 만물은 하나님을 정점으로 정연한 계층적 질서를 이룬다는 것으로 지구상의 자연도, 인간 사회도, 인체 그 자체도 소우주를 형성하여 대우주에 마주 응하고(셰익스피어 비극에서는 흔히 인간 세상의 이변이 선행하고 자연계의

변란이 나타난다), 인간에서 동물을 거쳐 무생물로, 또 제왕에서 서민 대중으로 계층 질서가 정립되고 있다. 인체의 갖가지 기능도 두뇌와 심장을 정점으로 한결같은 질서를 형성하고 있으며, 이 질서를 깨뜨리는 일이 혼란이며 반란이라는 신념이 강하게 살아남아 있었다(셰익스피어의 비극에서는 교란·파괴된 질서가 종국에는 반드시 회복된다는 수법이 쓰여진다). 천체는 지구를 중심으로 운행되고, 그 맨 위에는 천국이 있으며, 맨 아래에 지옥이 위치한다는 프톨레마이오스의 우주관이 아직도 믿어지고 있었다. 악마에 대한 연구가 행해졌으며, 마녀나 망령의 존재, 국왕의 기적적 치유력 등이 믿어지고 있었다.

다른 한편에서는, '인간이야말로 천지 조화의 오묘함이요, 이성은 숭고하고 능력은 무한하고……. 천사 같은 이해력에다 마치 신과 같고 세상의 꽃이요, 만물의 영장'이라고 한 햄릿의 대사에서 보는 것 같은 인간 예찬이 구가(謳歌)되었다. 나아가서는 마키아벨리즘의 냉엄한 현실주의나 무신론이 힘을 갖기 시작하고, 몽테뉴의 회의론조차 받아들여지며, 계몽과 자아의 각성과 해방이라는 근대의 조류가 서서히 흘러들고 있었다.

이와 같이 새것과 낡은 것이 교차하는 격렬한 시대에, 셰익스피어는 의식과 실생활 면에서는 중세적 질서 쪽에 몸을 두고 공동체 의식 속에 뿌리를 내리고 온건하게 살면서, '신과 같은 기록자의 눈'으로 풍부하고 다양한 르네상스 기 영국의 실정과 인간의 영원한 모습을 연극의 거울에 비쳐냈을 뿐만 아니라, 무의식 속에서는 특히 비극에서는 은연중에 근대를 예상하고 받아들였다. 예컨대 햄릿과 맥베스, 그들은 뚜렷이 고독을 안고 있다. 다만 근대인의 고독과 다른 것은 그것을 당사자가 지나치게, 혹은 수동 태세로 의식하지는 않았다는 점이다.

여기에 우리에게는 없는 그들의 건강함이 있다. 근대의 로맨티시즘을 병적이라고 한다면, 셰익스피어의 그것은 건강한 로맨티시즘이라고 부를 수 있을 것이다.

셰익스피어 극의 발전

셰익스피어 희곡의 집필 연대는 외적 증거(동시대인이 한 언급)나 내적 증거(작품 중 시사 문제에 대한 언급이나 작품의 문제)에 의해 추정하고 있으나, 그 추정 연대는 학자에 따라 다소 견해의 차가 있다. 어떤 작품은 몇 년에 걸쳐 개작을 거듭한 경우도 있다. 여기서는 도버 윌슨(John Dover Wilson)의 추정을 이용하겠다.

셰익스피어 희곡은 형식상으로는 사극·희극·비극의 세 가지로 나눈다. 사극은 영국 역사에서 취재한 것으로, 내용상으로는 ≪리처드 3세≫같이 비극이라고 해도 좋을 만한 것도 있고, ≪헨리 4세≫같이 희극적인 것도 있다. 사극은 거의 전반기에 씌어졌다. 그리고 비극 중에서도 ≪코리어울레이너스≫, ≪줄리어스 시저≫, ≪앤토니와 클레오파트라≫ 세 작품은 ≪플루타크 영웅전≫에서 취재한 것으로 로마 사극이라고도 불려지고 있다.

습작 시대

≪헨리 6세 (Henry Ⅵ)≫ 제1·2·3부 〈사극〉 1590~2
≪리처드 3세 (Richard Ⅲ)≫ 〈사극〉 1592~3
≪착오 희극 (The Comedy of Errors)≫ 〈희극〉 1592~3
≪타이터스 앤드로니커스 (Titus Andronicus)≫ 〈비극〉 1593
≪말괄량이 길들이기 (The Taming of the Shrew)≫ 〈희극〉 1593~4
≪존 왕 (King John)≫ 〈사극〉 1594
≪베로나의 두 신사 (The Two Gentlemen of Verona)≫ 〈희극〉 1594~5
≪사랑의 헛수고 (Love's Labour's Lost)≫ 〈희극〉 1594~5
≪로미오와 줄리엣 (Romeo and Juliet)≫ 〈비극〉 1595

희극 시대

≪리처드 2세 (Richard Ⅱ)≫ 〈사극〉 1595~6
≪한여름 밤의 꿈 (A Midsummer-Night's Dream)≫ 〈희극〉 1595~6
≪베니스의 상인 (The Merchant of Venice)≫ 〈희극〉 1596~7
≪헨리 4세 (Henry Ⅳ)≫ 제1·2부 〈사극〉 1597
≪헛소동 (Much Ado about Nothing)≫ 〈희극〉 1598~9
≪헨리 5세 (Henry Ⅴ)≫ 〈사극〉 1598~9

비극 시대

≪줄리어스 시저 (Julius Caesar)≫ 〈비극〉 1599
≪뜻대로 하세요 (As You Like It)≫ 〈희극〉 1599~1600
≪윈저의 명랑한 아낙네들 (The Merry Wives of Windsor)≫ 〈희극〉 1600~1
≪햄릿 (Hamlet)≫ 〈비극〉 1600~1
≪트로일러스와 크레시더 (Troilus and Cressida)≫

〈비극〉 1601~2
≪십이야 (The Twelfth Night)≫ 〈희극〉 1599~1600
≪끝이 좋으면 다 좋다 (All's Well That Ends Well)≫
〈희극〉 1602~3
≪맥베스 (Macbeth)≫ 〈비극〉 1606
≪오셀로 (Othello)≫ 〈비극〉 1604
≪이척 보척(以尺報尺) (Measure for Measure)≫
〈희극〉 1604~5
≪리어 왕 (King Lear)≫ 〈비극〉 1605
≪앤토니와 클레오파트라 (Antony and Cleopatra)≫
〈비극〉 1606~7
≪코리오울레이너스 (Coriolanus)≫ 〈비극〉 1607
≪아테네의 타이먼 (Timon of Athens)≫ 〈비극〉 1607~8

낭만극 시대

≪페리클리즈 (Pericles)≫ 〈희극〉 1608~9
≪심벨린 (Cymbeline)≫ 〈희극〉 1609~10
≪겨울밤 이야기 (The Winter's Tale)≫ 〈희극〉 1610~1
≪태풍 (The Tempest)≫ 〈희극〉 1611~2

셰익스피어의 작가 활동은 대개 4기로 나누어진다. 이 구분은 비평가 다우덴(Edmond Dowden) 무렵부터 비롯된 것으로 편의적인 것이기는 하나 셰익스피어 극의 발전을 설명하는 방식으로서는 그런 대로 수긍이 가므로 위의 집필 연대표에 기입해 두었다.

습작 시대는 선배 작가들을 모방한 시기로, 희극으로는 궁정풍의 희극을 쓴 존 릴리, 비극이나 사극으로는 말로우나 키드에게서 강한 영향을 받았다. 이 시기를 다우덴은 작가가 '일자리에 있는' 시대라고 부른다.

희극 시대에 이르면 작가의 인간 통찰이 더욱 깊어져 작극술(作劇術)도 독자적인 것이 된다. 특히 ≪한여름밤의 꿈≫의 작극술은 실로 호방하면서도 빈틈이 없어 작가가 극의 전개를 자유자재로 다룰 수 있는 능력을 가지게 되었다는 것을 실증한다. 걸작 희극 ≪십이야≫와 ≪뜻대로 하세요≫도 이 시기에 쓴 것으로 추정한다. 말하자면 셰익스피어가 '세상에 나왔다'고 일컬어지는 시대다.

비극 시대에는, 작풍은 차츰 어두워져 희극 시대에 보여주던 경쾌함과 명랑함이 사라지고 '심연 깊숙이' 몸을 잠그고 있는 것 같은 느낌이다. 4대 비극 ≪햄릿≫, ≪맥베스≫, ≪오셀로≫, ≪리어 왕≫도 이 시기에 씌어졌다. 이 시기에는 절망적인 인간 불신 감정이 깔려 ≪오셀로≫ 외의 3대 비극에서는 암흑의 우주 그 자체를 배경으로 영혼의 전율이 그려져 있다.

특히 ≪리어 왕≫에서 세계 질서가 붕괴된 뒤의 부조리의 노정은 심연적이다. 작가가 자유 분방한 희극 시대에서 달음질쳐 이와 같은 비극 세계에 돌입한 것은 무슨 까닭일까. 그 이유는 억측의 영역을 벗어나지 못하지만, 신변의 타격, 비극에의 도전 등의 이유 외에도 몽테뉴의 회의론에 많은 영향을 받았기 때문이라는 추측도 있다.

그러나 셰익스피어는 다시금 전신(轉身)하여 심연에서 관조의 '높은 곳으로' 올라간다. 최후의 낭만극 시대가 그것이다. 이는 희극 시대로의 단순한 복귀가 아니라 희극 시대의 밝음과 즐거움, 그리고 비극 시대의 어둠과 쓰라림을 거쳐 비로소 다다를 수 있는 인생과 화해의 경지라고 보여진다.

최종 작품 ≪태풍≫은 마술로 사람들을 놀라게 한 도주(島主) 프로스페로가 맺는 끝말로 막이 내리는데, 이 에필로그와 그 밖의 몇몇 대사는 이제까지 20여 년 극계를 주름잡아 온 작가 자신의 결별사라고도 볼 수 있다. 셰익스피어 극이라는 타원(楕圓)이 여기에서 완결하는 셈이다.

셰익스피어 희곡에는 거의 전부 출처가 있다. 예전에 씌어진 국내외 이야기며 사화(史話), 희곡 등을 참고로 하여 독자적 희곡을 썼으며, 그런 점에서 그의 극은 순수한 창작이라고 하기는 어렵다. 즉 하나의 작품에 갖가지 밑바침을 포함하는 다층체(多層體)를 이루고 있어 셰익스피어 자신의 순전한 창작은 ≪한여름밤의 꿈≫뿐이라고 주장하는 학자조차 있다. 또한 이 시대에는 독창이라는 것은 별다른 의의를 갖지 않았으며, 훌륭한 작품이라는 것은 거의 모두가 표절의 누적에 지나지 않았다.

따라서 셰익스피어 극을 평할 때 그 전체가 마치 셰익스피어의 독창인 것처럼 평하는 것은 잘못이다. 그러나 모티프를 빌려 썼다고는 해도 번안·개작에 그치는 것이 아니라, 예를 들면 연대기를 자료로 사용했을 경우에는 대담한 극화(劇化)를 감행했으며, 선인(先人)의 것을 모방한 경우에도 초점을 대담하게 바꾸고 주제를 명확하게 설정하는 등 전체를 작자 자신의 것으로 만들었다. 테가 하나의 제약임에는 틀림 없었으나 그 테 안에서 오히려 집중적으로, 그리고 자유롭게 피와 살을 가진 인물을 창조해 내고 새로운 성격이나 장면을 만들어 낼 수가 있었던 것이다.

셰익스피어 문체

셰익스피어 극의 거의가 이른바 무운시(無韻詩)다. 강약(억양)의 두 음절을 한 줄에 다섯 번 되풀이하고 운을 밟지 않은 시형(詩形)인 것이다. 그 원형인 약강오보격(弱强五步格) 시형은 초서가 ≪캔터베리 이야기≫를 쓸 때 고안해 낸 것인데, 그뒤 명맥이 끊어진 것을 16세기에 토머스 와이어트가 부활시키고, 이어 헨리 하워드가 블랭크〔無脚韻〕의 약강오보격을 창시했다. 이 블랭크 버즈〔無韻詩〕를 처음으로 희곡에 응용한 것은 말로우지만, 이 시형의 묘미인 자유 분방한 파격을 교묘하게 자기 것으로 만든 사람은 셰익스피어다.

셰익스피어 극이 시로 씌어졌다는 것은 의미가 깊다. 시는 일상 쓰는 말로는 나타낼 수 없는 격(格)을 낳고, 또 뜻과 내용에 깊이를 준다. 이미지에 의한 의미의 회화화(繪畵化)가 무대 장치의 빈곤을 메워주고, 관객과 독자의 상상력을 자극하며, 그 음악성이 대사에 율동감을 준다.

그리하여 시 특유의 수사와 은유와 음악성이 한데 어울려 대사를 아름답게 전달하게 하고, 품위 있는 것, 색다른 것의 표현에 합당한 매체(媒體)가 되는 동시에 천하고 흔한 것의 표현을 속되지 않게 한다. 셰익스피어에서 중요한 점은 '그가 무엇을 말했는가가 아니라 어떻게 말했는가'다. 즉 내용도 중요하지만 표현 형식이 더 중요하다. 셰익스피어 극의 등장 인물들이 발랄한 까닭은 그들의 동작이나 대사 내용 때문이 아니라 그들의 말투, 즉 대사의 아름다움과 음악성, 힘찬 약동성 때문이기도 하다. 셰익스피어는 비극과 희극의 두 분야에 걸쳐 걸작을 낳았다. 이것은 지극히 드문 일이다. '비극의 라신, 희극의 몰리에르' 라고 하듯, 어느 한 분야에서 대성한 극작가는 많으나 두 영역에 걸쳐 모두 손색 없는 걸작을 낸 작가는 셰익스피어뿐인 것이다. 그는 또 '어두운 희극' 또는 '문제극'이라고 불리는 비희극도 썼다. 그것과는 별도로 비극과 희극을 뒤섞어 비극 중에 가끔 희극적 장면을 삽입하는 대담한 수법을 썼다. 예컨대 비극의 주인공 햄릿은 동시에 즉흥적인 광대역도 하는 인물이다.

셰익스피어 희극은 지적이며 실질적인 풍속 희극과, 정적이며 목가적·몽환적인 낭만 희극으로 크게 나눌 수 있으나, 셰익스피어가 독자적으로 개척한 것은 두 요소를 완전히 융합시킨 ≪한여름밤의 꿈≫을 기점으로 하는 낭만 희극이다. 셰익스피어 희극의 진수는 풍자보다도 너그러운 웃음을 담은 로맨스에 있다고 하겠다.

셰익스피어 비극의 특징 중 하나는 그것이 성격 비극이라는 점이다. 그리스 비극에서는 신의 뜻에 묶인 인간의 숙명이 기본이지만, 셰익스피어 비극은 거의 '성격은 운명이다'라는 말로 요약되듯 주인공의 선천적・후천적 소질이 당자를 파멸로 몰고 있다. 괴테는 셰익스피어 비극을 개인적 욕망과 의무의 맞씨름이라고 보았다.

고전적 삼일치(三一致, 때와 장소와 줄거리의 통일)의 법칙을 무시하고 파격의 극을 쓴 것도 셰익스피어다. ≪태풍≫ 이외의 모든 극에서 때와 장소는 멋대로 다뤄지고 있으나 줄거리의 통일만은 엄격히 지켜지고 있다. 얼핏 보아, 전체는 자유 분방한 인상을 주지만 기교 없는 듯이 보이는 기교가 아슬아슬한 한계점에서 전체를 통일하고 긴박감을 띠게 하는 것이다.

셰익스피어는 서른일곱 편의 희곡에서, 되풀이하는 매너리즘의 폐단에 빠지지 않고 작품마다 끊임없이 새 풀밭이기나 한 것처럼 작품의 밑바탕을 바꾸고 있다. 이것은 어떤 종류의 소재도 놓치지 않고 이용한 소재의 다양성에도 있으나 그의 천재적 시극 작가로서의 재능이 더 큰 몫을 했다.

셰익스피어 극에 등장하는 인물은 실로 다양하다. 위로는 왕후 귀족에서부터 아래로는 군중이나 무뢰한과 광대에 이르기까지, 남녀 노소 현우(賢愚) 할 것 없이, 또 로마인이거나 영국인이거나 모든 인물이 개성 있게 그려져 있다. 그들은 대개 치우친 '개인'이기보다는 인류의 각 계층이나 유형의 대표이고 전형이며 종족(種族)이다. 우리가 그들에게 친근감을 느끼는 이유 중 하나는 여기에 있다.

'천만의 마음을 가진 셰익스피어'라는 찬사는 위에서 말한 바와 같이 천차 만별의 인물을 만들어낸 그의 천재에 바쳐지는 것이지만, 그것을 더 근대적으로 해석하면'천만의 인격을 가졌다'는 뜻이 아니라 '하나의 인격을 천만의 뉘앙스로 보고 있었다'는 뜻으로 생각할 수도 있다. 악인을 단순히 악인으로서만 보는 것이 아니라 그 이면에 있는 인간적인 나약성, 혹은 선량성도 그려내고, 선인에게서도 악의 요소를 간과하지 않았던 것이다. 귀공자 햄릿 안에서도 음담 패설에 흥을 돋우는 소탈한 청년을 그리고 있었다. 즉 하나의 인간이 '천만의 마음을 가진' 사실을 파악한 것이다. 셰익스피어는 인간을 한 측면으로만 보지를 않았다.

셰익스피어 극의 세계는 정교하게 다듬어진 정원수라기보다 울창한 숲이다. 그와 같은 광대한 세계, '천만의 마음'

을 아무런 거리낌없이 만들어 낸 셰익스피어의 비밀은 무엇인가. 그것은 허즐릿(Hazlitt)도 말한 바와 같이, 그가 '자기 중심주의와는 완전히 인연이 먼 사람으로, 그 자신은 무(無)'였기 때문이 아닐까. 오직 무였으므로 '모든 사람의 있는 그대로의 생태와, 그 있을 수 있는 모습을 자기 것으로 만들 수 있었던 것'이 아닐까. 셰익스피어는 극단과 사회와 관객인 귀족이나 대중 등 자기를 에워싸는 갖가지 제약 아래에서, 제약을 배제하는 것이 예술가라고는 꿈에도 생각지 않고, 모든 제약에 맞춰 자기 자신을 노출하지 않고 극작함으로써, 셰익스피어 그 자신과 개성을 오히려 선명하게 부각시켰다.

옮긴이 약력

경성대학 법문학부 영문과 졸업
동국대학교 교수

저　　서
≪셰익스피어 문학집≫

역　　서
≪셰익스피어 전집≫(전5권)
≪신역 셰익스피어 전집≫(전8권)

말괄량이 길들이기 〈서문문고149〉

초판 발행 / 1974년 9월 15일
개정판 1쇄 / 1996년 9월 30일
글쓴이 / 셰익스피어
옮긴이 / 김 재 남
펴낸이 / 최 석 로
펴낸곳 / 서 문 당
주소 / 서울시 마포구 성산1동 20—12호
전화 / 322—4916~8 팩스 / 322—9154
등록일자 / 1973. 10. 10
등록번호 / 제13-16